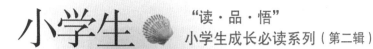

小学生

"读·品·悟"
小学生成长必读系列（第二辑）

增强自信心的 100个故事

总 主 编◎高长梅

本册主编◎夏长江

九州出版社
JIUZHOUPRESS
全国百佳图书出版单位

图书在版编目(CIP)数据

小学生增强自信心的 100 个故事/夏长江主编. –北京:九州出版社, 2008.11(2021.7 重印)

("读·品·悟"小学生成长必读系列. 第 2 辑)

ISBN 978-7-80195-936-2

Ⅰ.小... Ⅱ.夏... Ⅲ.故事—作品集—世界 Ⅳ.I14

中国版本图书馆 CIP 数据核字(2008) 第 187601 号

小学生增强自信心的 100 个故事

作　　者	高长梅 总主编　夏长江 本册主编
出版发行	九州出版社
地　　址	北京市西城区阜外大街甲 35 号(100037)
发行电话	(010)68992190/2/3/5/6
网　　址	www.jiuzhoupress.com
电子信箱	jiuzhou@jiuzhoupress.com
印　　刷	北京一鑫印务有限责任公司
开　　本	720 毫米 × 980 毫米　16 开
印　　张	10
字　　数	112 千字
版　　次	2009 年 1 月第 1 版
印　　次	2021 年 7 月第 7 次印刷
书　　号	ISBN 978-7-80195-936-2
定　　价	29.80 元

父母，是我们自信的太阳

第 1 辑

爱因斯坦小时候，常常提出一些怪问题，如指南针为什么总是指向南方？什么是时间？别人都以为他是个傻子。有一次，邻居看到一群孩子在一起嬉闹，唯独爱因斯坦一个人默默在旁边发呆，就对爱因斯坦的妈妈波琳说："小爱因斯坦为什么总是一个人发呆？是不是神经有毛病啊？"没想到波琳自信地说："我的小爱因斯坦没有任何毛病，他那不是发呆，而是在沉思。"

每一位父母都对自己的孩子充满信心，他们的鼓励和期望给了我们一片自信的天空，让我们可以在这片天空飞得越来越高。当我们取得成绩的时候，不要忘记一直默默支持我们的父母。

其实，我也很棒 >>002　　种植自信 >>004

眼里有心，眼镜男孩找回自信 >>008

永不言弃 >>011　　自信的来源 >>013

我做到了 >>015　　拾馒头的父亲 >>018

5 元钱的价值 >>021　　奖励一个笑容 >>023

苏珊脸上无哀伤 >>025　　比赛获胜的秘密 >>027

你能够做到 >>028

第**2**辑

在人生的土地上播下自信的种子

有一个女孩，没有考上大学，先去做了服务员，但很快就被解雇。后来，她先后当过纺织工，做过会计，但都半途而废了。女孩觉得自己很笨，后来一位农民伯伯对她说："一块地，不适合种麦子，可以试试种大豆；大豆也种不好的话，可以种瓜果；瓜果也种不好的话，也许能种荞麦。最后它总会有一片收成。"后来这个女孩终于找到了适合自己的工作，过上了幸福的生活。

每一个生命都是美丽的，如果你遇到困难，千万不要灰心，在自信的灌溉下，最后你总会收获属于自己的幸福。

低智商的园艺家 >>032　　自信是快乐的源泉 >>034

每个人都能以最美的姿势活着 >>037

每一个生命都是美丽的 >>040

在缺陷中寻觅自信 >>043

不利条件是有可能克服掉的 >>045

好看不当大米吃 >>047　　把自信带在身上 >>051

"媚眼如丝"的青葱年 >>053　　纸篓里的老鼠 >>057

第**3**辑

打开你的自信罐

1972 年夏，乔丹在收看了慕尼黑奥运会篮球比赛后，兴冲冲地对朋友们说："总有一天我也要参加奥运会，我也要拿金牌的！"这时候的乔丹又小又瘦，谁也看不出来乔丹是篮球奇才。他的这番话遭到了同伴的嘲笑，但乔丹每次拿上篮球都自信满满地说："我相信自己能行。"20年后，乔丹真的在巴塞罗那奥运会上带领美国队夺得了金牌。

当别人不相信你的时候，你一定要相信自己，打开你的自信罐，成功会属于我们每一个人。

信念的力量 >>062　　　永远的自信 >>064

打开你的自信罐 >>066　　　无坚不摧的信心领导 >>070

用信心奔跑的人 >>073

我美丽，因为我自信 >>076　　　操纵命运的手 >>078

面对压力的詹妮 >>080　　　抬起头来 >>082

魔法师与屠龙剑 >>084

第**4**辑

做好你自己

古希腊的哲学家苏格拉底在晚年的时候，想找一个优秀的人来继承自己的思想。他就把这个想法告诉了他最得力的一个助手。助手找了一批又一批人，苏格拉底都不是很满意。后来苏格拉底在去世前对助手说："你找的这些人，没有一个人能够比得上你的，其实你就是最优秀的。但是你不能去正确地认识自己、分析自己，对自己缺乏信心。"助手听了后悔不已。

认清自己的优势，找到自己的长处，我们都可以成为优秀中的一员。

我就是喜欢我 >>088　　　做最出色的自己 >>091

做一颗高速旋转的钻石 >>093

自信的美丽 >>095

相信自己独一无二 >>097   做好你自己 >>099

你是老虎不是山羊 >>101   我肯定能行 >>104

自信的高度 >>107   蜘蛛侠的地图 >>109

自信的俄罗斯小姑娘 >>111

第5辑 扬起自信的风帆

　　人生的旅途就犹如大海行船，没有人能保证我们的一生永远是晴天，当遇到狂风暴雨的时候，我们不要急于在狂风暴雨中起航，而是要选择一根坚硬的桅杆，升起自信的风帆。

　　阳光总在风雨后。人生旅途中的狂风暴雨并不可怕，扬起你自信的风帆，它就会指引你走向成功的彼岸。

下去吧 >>114   人生中最初的自信 >>116

假装成功 >>119

小售货员尼克的第一笔生意 >>121

学会自信 >>124   驯鹿和狼 >>126

心形苹果 >>128   盯住你面前的那个人 >>130

第6辑 他们的牛气是熏陶出来的

　　王楠是中国最优秀的乒乓球选手之一。有一次，一个记者采访她："现在比你更年轻的运动员逐渐地涌现出来，你感觉到害怕了吗？""没有。""在正式的国际比赛中，把原来的小球改为大球，你有没有感到过担心？""没有。""那么，在乒乓球比赛中，你最害怕的是什么？"王楠想了

想，回答道："那大概就是取消乒乓球比赛了。"

自信是建立在自己实力的基础上的，如果我们有足够的实力，面对怎样的变化我们都不会感到害怕。

肯定自己 >>134　　每个人都会犯错误 >>136

信心是路 >>138　　自信的萨达特 >>141

孔雀与麻雀 >>143　　上帝的孩子 >>145

恢复自信的武士 >>146

要别人信任自己，就必须敢于自己肯定自己，一个连自己都不能相信自己的人，谁还会去信任他呢？要别人信任自己，就要首先自己信任自己。

第**1**辑

父母，是我们自信的太阳

爱因斯坦小时候，常常提出一些怪问题，
如指南针为什么总是指向南方？
什么是时间？别人都以为他是个傻子。
有一次，邻居看到一群孩子在一起嬉闹，
唯独爱因斯坦一个人默默在旁边发呆，
就对爱因斯坦的妈妈波琳说：
"小爱因斯坦为什么总是一个人发呆？
是不是神经有毛病啊？"没想到波琳自信地说：
"我的小爱因斯坦没有任何毛病，
他那不是发呆，而是在沉思。"
每一位父母都对自己的孩子充满信心，
他们的鼓励和期望给了我们一片自信的天空，
让我们可以在这片天空飞得越来越高。
当我们取得成绩的时候，
不要忘记一直默默支持我们的父母。

其实，我也很棒

坐在哪里并不重要，重要的是你要始终相信自己也是很棒的，只有这样，你才能够越来越棒！

最近烦心事不断。

那天课间休息时，我和同学在操场踢足球，不料一脚打了高射炮，把二楼一块窗户玻璃踢碎了。可想而知老师训我时的脸色有多难看，我受训时的心情有多委屈。随后月考时我的数学只得了 83 分，低于全班平均分 1 分，为此班主任对我双罚：罚站和请家长。第三件烦心事是以上两件的自然结果：我的座位又向后挪了一排。

我们学校有个"规矩"，每班的座位分一二三等，学习好和守纪律的学生座位靠前，成绩差和调皮捣蛋的学生座位靠后。如今上到五年级，我已经被排挤到了倒数第三排，也就是说，在老师眼里我已经接近于一名"坏学生"了。这让我感到很没面子，很自卑。

赔偿玻璃不怕，两顿早饭不吃，玻璃钱就有了。怕的是请家长。老师已经催过我好几次，我都以爸爸出差妈妈倒班为由搪塞过去，可是这个问题总得解决，我不可能一直这样搪塞下去呀！

这天作文课上，老师留了一道题为《其实，我也很棒》的家庭作业。晚上，我抓耳挠腮地写作文时，忽然计上心来。

"爸爸，这篇作文我不知道怎么写，因为我实在不知道我棒在哪里。"我对爸爸说。

爸爸看了看作文题目，想了想说："儿子，你棒的地方可太多了，你自己怎么就意识不到呢？比如你身体健康，活泼好动，一次能做30个俯卧撑，还是校足球队员，这，算不算很棒呢？"

"如果我踢足球把教室玻璃踢碎了呢？"我问。

"那是失误。马拉多纳把点球踢飞了，可他还是很棒！"

"如果我考试时粗心大意，成绩不好呢？"

"能意识到自己粗心大意，这不是很棒吗？说到学习，你喜欢语文，喜欢背唐诗宋词，现在肚子里起码装着上百首唐诗宋词了吧？这，算不算很棒呢？我看过你写在日记本上的小诗，虽然幼稚但别有一番滋味，我相信你这么大的孩子并不是每个人都能写诗的，这，算不算很棒呢？你最擅长的是画画，你们班的黑板报有几期就是你画的报花报头，这，算不算很棒呢？虽然你有些调皮，但你因此而想象力丰富而且敢想敢做，经常会有一些令人吃惊的想法和举动，这，算不算很棒呢？儿子，如果你足够自信，你还会发现自己有很多很棒的地方的。在爸爸眼里，你真的是很棒很棒！"

"如果我的座位越来越往后挪，已经接近'坏生'区了呢？"我又问。

爸爸的表情严肃起来，沉默了一会儿说："学校这样做是不对的。不过，儿子，坐在哪里并不重要，重要的是你要始终相信自己也是很棒的，只有这样，你才能够越来越棒！"

爸爸的一席话把我的自卑感一扫而光。我呆呆地看着爸爸，觉得他也真是很棒很棒！

我很快就写完了作文，然后坦然地告诉爸爸请家长的事。爸爸摸着我的头说："我相信这种事以后会越来越少。"

孙盛起

自信小语

生活中难免有些磕磕绊绊的不如意，但不要因为这些小事就否定自己。其实，每件事情从不同的角度看，都会有所不同。学会对自己说"我很棒"，学会欣赏自己，我们就会发现生活可以更加美好，而成功也并不是多么难的事。 （史宪军）

种植自信

> 我看到爷爷的自信之种又重新播种在我女儿的生活里，这才是最大的奇迹。

8月一个安静的下午，我和妻子南希正忙碌着整理一个个的包裹，我们刚搬到法国，决定将我们租来的房子弄成像模像样的家。我们的脚边坐着3岁的女儿克莱尔，她在哗哗地翻着书页。"你给我读这个。"克莱尔突然把一本书递到我眼前。我看了一眼，退色的书皮上印着"趣味法语"。我的爷爷从小说的是法语，当我还是小孩的时候，他送给了我这本书。

克莱尔正指着书上的一行字，书上印着"你知道怎样种卷心菜吗"，有人用蓝色的钢笔把卷心菜画去，写上了"西瓜"取而代之。"爸爸，是你画的吗？"克莱尔抬起头吃惊地看着我。我们最近才教会她不要在书上乱写乱画，这会儿她突然发现原来爸爸妈妈自己也乱写乱画。我告诉她这是我的爷爷写的。

"爸爸"，克莱尔有些弄不明白了，"爷爷为什么这么做呢？"我的思绪随着这个问题回到了儿时住在内布拉斯加的日子，决定给克莱尔讲讲这个故事。

爷爷曾是一个前程似锦的年轻人——起初是个农夫，后来做了教师，然后是股票经纪人，26岁那年他当选了内布拉斯加州的参议员。他人生的轨迹一直是青云直上，直到44岁那年一次严重的中风。打那以后，爷爷的路开始坎坷不平。但是死神留在爷爷身上的擦痕并没有使他怨恨生活，相反，他觉得生活更加弥足珍贵了。爷爷对生活的热情，使他成了我和弟弟维基争相抢夺的玩伴。

"长大后我也要做一个农夫。"一天下午在爷爷的书桌前，我骄傲地宣布道。

"哦？那你想种什么呢？"爷爷问。

突然，我想起了自己喜爱的游戏，比谁能将西瓜籽吐得更远，就说："种西瓜吧。"

"我们现在就开始种吧。"我从椅子上一跃而起，"首先应该干什么呢？"

爷爷说，首先需要种子。我记起了玛丽姑姑家的冰箱里有一块西瓜，我二话没说，冲出门，穿过院子，跑到她家。不一会儿，手里握着5颗西瓜籽回来了。

爷爷建议在房后一块有阳光的地上种西瓜。我挑选了一处能一眼就看到西瓜茁壮成长的地方。我们走到一棵大橡树的树荫下，"爷爷，就种这儿！"我想我可以背靠着树，拿一本小人书，边看书边等着我的西瓜长大。一切都美妙极了！

"到车库去把锄头拿来。"爷爷说。然后他告诉我该怎样把地锄松，接着又将5颗种子呈半圆形有秩序地种下："不能让它们太挤了，得给它们足够的生长空间。"爷爷说。

"再然后呢？"

"然后就是最艰难的部分——耐心等待。"

于是整个下午我都在等。每隔一个小时，我都会去看看我的西瓜，每一次我都会给种子浇浇水。真是难以相信，到了吃晚饭的时候它们还没有发芽，而那块地已是湿漉漉泥乎乎的一片了。我不耐烦地问爷爷究竟要等多久。

"也许要等到下个月吧。"过一会儿他又笑了，说，"也许也没那么久。"

第二天早上，我懒洋洋地躺在床上看着小人书。忽然，我记起了西瓜种子，便飞快地穿好衣服，跑到门外。天哪，那是什么？我迷惑地盯着橡树底下的那个东西，好半天才回过神来——西瓜！湿漉漉的泥地上躺着一个硕大的西瓜！我洋洋得意起来。哇喔！我是一个农夫啦！这是我见过的最大的西瓜，而且——这是我种的。

这时，爷爷从屋里走了出来："康拉德，你选了一个不错的地儿。"爷爷呵呵地笑着。

早饭后，我们把西瓜搬上爷爷的卡车，开车去镇上。爷爷要向他的好友展示他孙子的"一夜奇迹"，他们的称赞让我觉得骄傲极了。

几天后，爸爸妈妈来接我和弟弟回弗吉尼亚上学。爷爷从窗口递来一本书。"回去后认真读读。"他一本正经地说。几小时后，我翻到了这一页——看到爷爷把"卷心菜"画去，大大地写上了"西瓜"。我会意地大笑起来。

克莱尔静静地听我讲着故事，突然发问道："爸爸，我现在也可以种点什么吗？"我看着堆成山还未整理的箱子，正准备说"我们明天再种"，突然意识到爷爷从未说过类似的话。我们立刻启程去菜市场。在一家小店里，克莱尔挑了一包能长出红色和黄色花朵的种子。我还买了一包盆栽土壤。

回家的路上，我又回想起"我种出的西瓜"。我第一次体会到：对于我的热情，爷爷原本可以拿出诸多理由不予理会——比如，西瓜不适合在内布拉斯加生长，已经错过了播种的季节，在阴地根本就长不出西瓜，等等。但是，爷爷并没有用这些无趣的种植常识来搪塞我，相反，他给了我一次自信的经历。

克莱尔三步并做两步跑回屋里，搭了张椅子站在厨房的水池前，往一个白瓷花盆里装土。当我往女儿摊开的手掌里放种子时，我才恍然大悟：爷爷当年为了我付出了多大的努力——那个8月的下午，他偷偷地跑到镇上，买回了最大的西瓜。那天晚上，等我睡着以后，他又一瘸一拐地把西瓜从卡车上弄下来，费力地弯下腰，放在我的种子上面。

几天后的一个清早，女儿的叫喊声把我们吵醒了，她兴奋地指着一盆绿苗，骄傲地说："爸爸妈妈，我是一个小农夫啦！"

我曾一直把我的"一夜奇迹"当做是爷爷开过的众多玩笑之一。现在，我明白了：这是爷爷赠予我的众多礼物之一。是自信支撑着他瘸跛的双腿顽强地生活下去，他也把这颗种子播在了我幼小的心灵深处，使我学会无视前进途中的任何阻碍。

克莱尔的脸上洋溢着得意的神色，我看到爷爷的自信之种又重新播种在我女儿的生活里，这才是最大的奇迹。

自信恰恰就像一颗小小的种子，谁能把它深深根植于心中，谁的心就会发出勇敢的小芽，长出勇气的叶子，开出希望的鲜花。感恩家人，因为他们常常是帮我们播撒自信种子的人。当自信的种子长成参天大树时，我们的人生就会因自信而与众不同。

（史宪军）

眼里有心，眼镜男孩找回自信

　　当我们来到教室门口时，同学们围住科迪，而我看到他在努力克制他的笑容，那是我在他脸上看见过的最开心的笑容。

　　科迪出生时仅仅 24 盎司。

　　因为是极度早产，我们的儿子做了眼部手术以防止失明。手术结果是，他失去了右眼的外围视觉。右眼近视就意味着他终生都需要戴眼镜，终生都需要有眼科专家的密切监察。

　　相对于失明，我们认为这点代价实在是微不足道。

　　科迪极为骄傲地戴上了眼镜，那种骄傲劲让他的弟弟们一眼就能看出：爸爸、妈妈都戴眼镜，而他们却不戴，简直有点不像话。于是弟弟们时常轮番恳求也要戴眼镜，否则不公平。

转眼该上幼儿园了。

有一天课间休息时，两个小男孩彻底摧毁了科迪对戴眼镜所抱有的自豪感。一个男孩说："科迪，你的眼镜看上去好蠢。"而另一个竟猛地把科迪的眼镜摘下，把它弄弯。

科迪个头小，生性腼腆。他回家跟我们说起这件事时，眼泪直在眼睛里打转转，我们的心里好难受。

但就在最近，有件事改变了他对眼镜的看法。

那是情人节的早晨，我先生斯蒂芬，在我的眼镜片上分别贴了两个红色心形贴画，而在我们卫生间盥洗池上方那些大小不一的古董镜子上也都贴满了红心。

"我的爱人，我这么地爱你！"我先生在一面镜子上潦草地写道。

我也在镜子上写下了我的回复："谢谢你，亲爱的。我的眼里满是心！"

在给科迪穿衣服准备去学校时，他低声说："妈妈？"

"嗯，我的大男孩？"我低声应和。

"你眼镜上有红心。"

"没错，有啊。"

"你真有意思，妈妈。"他说了句，眼里放着光芒。我们俩钻进小货车的驾驶室里，又有好多心将我们包围。我把那两颗心从我的眼镜上揭下，递给科迪。他小心翼翼地把它们贴到自己的眼镜片上，去学校的路上他都是笑眯眯的。

我在校门口停下来。

"拿上你的书包，宝贝。"我说。

"妈妈，我能戴着红心上学吗？"

我心里斗争了一会儿。如此当众"表演"可能一鸣惊人，也可能一败涂地。但是科迪眼里流露出的恳求让我不再犹豫。我怎能剥夺有可能让他开心的一个大好机会呢？

"我看没有什么不可以的,小伙子。"

我又把两个红心贴在我自己的镜片上,然后我们一起走进学校,手拉着手,穿过走廊中的人群,朝他的教室走去。

"哈！快看科迪·奥利弗。他眼镜上有红心！"一个人看见了,嚷了起来。

"啊,看科迪！多酷呀！"另一个发现者也嚷着,指着我们咯咯地笑。

科迪腼腆地微笑着,紧紧地抓住我的手。

当我们来到教室门口时,同学们围住科迪,而我看到他在努力克制他的笑容,那是我在他脸上看见过的最开心的笑容。

"真有意思！眼镜上有心！"

"科迪,让我戴一下好吗？"

一个小姑娘扯了扯我的衣袖。"您是奥利弗太太？"

"是啊。你有什么事？"

"我要是戴眼镜就好了。"

就在那时,我一点儿也不再怀疑,科迪又重新拾回了他的自信。

❀ 唐庚华

🌹自信小语🌹

当遭到来自他人的否定和嘲笑时,想一想,应该怎么对待？如果沉浸在自怨自艾的自卑中,就会永远也抬不起头;不如像妈妈希望的那样,扬起笑脸,向悲哀说再见吧。找到支撑心灵的翅膀,向人们展示出最有信心的一面,我们的世界因此而不同。 （史宪军）

永 不 言 弃

这次比赛，我终生难忘，它让我记住了"永不言弃"的道理，以后无论做什么事，不到最后，永不言弃！

暑假期间，我报名参加了河南省第二十一届业余围棋段位赛。报名后我们围棋班便进行了为期一个月的强化训练。从布局到防御到进攻，逐项练习，短短的一个月，我的棋技又有了明显的提高。

时间过得真快，转眼就到了比赛的时间。

比赛当天，我信心百倍地来到河南省体育馆。嗬，参加比赛的选手和家长真多啊！我一看人这么多，心里就打起了退堂鼓。可是，既然来了，也不能白来一趟啊！我重新鼓起勇气，走进了赛场。

我找到了自己的赛场，当时别提我心里有多紧张了，直到找到自己的位置坐下来的时候，心里还在咚咚乱跳。

比赛时间到了，出乎意料，我的对手还没到，裁判让我等一会儿，看着别的选手都在紧张的比赛，别提我有多着急了。十分钟过去了，对手还没来，这时候，裁判走到我身边对我说对手缺席按弃权论处，你赢了第一局。我简直不敢相信自己的耳朵，做梦都没想到不费吹灰之力就幸运地赢得了我有生以来正式比赛中的第一场胜利。我走出赛场，找到陪我一起来比赛的爸爸，我兴奋地对爸爸说我赢了，爸爸也对我竖起了大拇指。

可是又出乎我的意料，接下来的比赛就没那么幸运了，我连输五场。这时候，九场比赛已经过半，除了不战而胜的第一场，我是全盘皆输，接下来还剩下三场比赛，如果再输一场，我就拿不到业余一段的段位。我再次垂头丧气地来到爸爸面前，我对爸爸说："我已经看不到胜利的希望了，我准备退出比赛。"

爸爸听我这样说，便语重心长地对我说："儿子，相信自己，不到最后决不言弃。爸爸支持你。"

听了爸爸的话，我决定继续参加比赛。

第七场比赛开始了，我克服前面侥幸和轻敌的心理，沉着应战，终于赢了第七局。走出考场，我故意装出闷闷不乐的样子来到爸爸跟前，爸爸看到我这个样子，关心地对我说："儿子，别灰心，没关系，参与就是胜利。"这时，我对着爸爸，挥舞着拳头，大声说了句："爸爸，你的儿子把对手干掉了！"爸爸没有想到会是这种结果，他兴奋地和我击掌，对我说："儿子，你真棒！"

我精神抖擞地又返回赛场，在接下来的第八场、第九场比赛中，我越下越自信，步步紧逼，对手只有招架之功，我以绝对的优势拿下了对手，终于获得了"河南省围棋业余一段"称号。

走出赛场，我又来到爸爸面前，我对爸爸说："我现在用'围棋一段选手'的身份对你说话，你快点带我回家，让妈妈也分享我的快乐吧！"爸爸听我说完，只顾高兴得咧嘴大笑，都忘记说话了……

这次比赛，我终生难忘，它让我记住了"永不言弃"的道理，以后无论做什么事，不到最后，永不言弃！

朱坤鹏

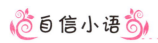
自信小语

面对困难，我们岂能轻言放弃！只有在困难面前勇敢地去面对，敢于接受挑战和竞争，我们才有可能在竞争中获胜，从而战胜困难。即使这次失败了，我们也能知道自己的不足之处在哪里。生活中无论遇到什么事情，我们都要相信自己能够成功。

（史宪军）

自信的来源

这位小女孩为什么会如此可爱，如此聪明，如此自信，我想，这一切都是源于有一个很爱她的妈妈。

一位年轻的妈妈，想让女儿跟我学钢琴。她在介绍她女儿的时候，得意之情溢于言表。她说她女儿如何如何聪明，如何如何漂亮，如何如何可爱，反正，在她眼里，她的女儿是很完美的。直至她带她女儿跟我见面，我才发现她女儿跟她描述的，及我所想象的模样差别太大。那小女孩高高瘦瘦，皮肤很黑，单眼皮，小眼睛，粗眉毛，头发稀黄，一摸手指硬邦邦的。总之，在我看来没有一个地方与漂亮沾边。说实在的，我很失望。不过，那小女孩倒是很开朗，一点都不怕生，对我弹过一遍的曲子都能摸下来，尽管指法错误，手型难看。

　　在她母亲的诚恳要求下，我答应让她女儿学一段时间试试。经过一段时间的学习，小女孩进步很大。我发现，她的领悟力很强，而且记忆力特好，每首曲子弹过一两遍都能记住。最让我欣赏的，是她很开朗，很自信。我渐渐觉得，她很可爱。当她再坐在那里弹琴的时候，我有时会在一旁细细端详她，我觉得她原来没有那么难看：她的黑皮肤很健康，她的小眼睛很有味道，她弹琴的手指也没那么僵硬了……我想，说不定她长大了会变成一只白天鹅。

　　新年的时候，我收到了她妈妈寄来的一张贺卡。翻开精美的封面，里面有她妈妈密密麻麻的字，我认真地看了一遍。小女孩的妈妈在贺卡里又把她的女儿着实夸奖了一遍，说她女儿每次从我这里回去都是怎样地高兴，最后她当然把功劳都归于我。捧着贺卡，心里好温暖，同时莫名地感动。我真羡慕这位小女孩有这么优秀的一位妈妈！我明白了，这位小女孩为什么会如此可爱，如此聪明，如此自信，我想，这一切都是源于有一个很爱她的妈妈。

❀ 徐向红

🌸 自信小语 🌸

　　小女孩的确幸运，本来普普通通的她，在妈妈由衷的欣赏和浓郁的爱中，她心中自信的种子生根发芽，变得那么优秀不凡。当我们承受了如此的欣赏与感动，又怎能不自信，不勇敢呢？如果你也拥有这份自信和勇敢，请把这份欣赏和感动也带给那些自卑的人吧。

（史宪军）

我做到了

他做了一下深呼吸，一切顺理成章，他飞了起来。米奇尔以鹰的威严在翔翔。

　　他的掌心在出汗，横竿定在 17 英尺，比他个人最好成绩高 3 英寸。米奇尔·斯通面临着他撑竿跳高生涯中最富挑战性的时刻。

　　米奇尔一直就梦想着飞翔。从 14 岁起，他就开始为之努力。他的教练即父亲为他细心制订了一项周密详细的训练计划。米奇尔的执著、决心和严格训练都是父亲一手调教的。

　　母亲则希望儿子的训练能轻松一些，想让儿子仍是那个充满自由自在梦想的小小孩子。她曾试着同米奇尔和丈夫谈论此事，但丈夫马上打断了她，说："想要得到，就必须努力。"

　　米奇尔为完美而奋力拼搏的精神，除了他的信念，还有激情。时至今日，米奇尔撑竿跳所取得的全部成绩似乎都是对他努力训练的回报。

　　米奇尔又在为他喜欢的试跳做准备了。每当他一落到气垫上，落到人群的脚下，他就会马上这么做。

　　他似乎忘记了他刚刚以 1 英寸的优势越过他个人的最好成绩，忘记了在这场撑竿跳比赛中，他是最后的两名竞争选手之一。

当越过 17 英尺 2 英寸、17 英尺 4 英寸的高度时,他竟出奇理智。躺在垫子上,他听到人群的惋惜声,知道另一名选手的最后一跳已经失败。他知道最后的时刻来临了。只要跨过这个高度就可以稳获冠军,而小小的失误又会使它屈居亚军。这并没有什么可羞耻的,然而米奇尔不允许自己失败。

他在草地上翻滚了一下。指尖上举,祈祷了三次。他拿起撑竿,稳稳站定,踏上他 17 岁的生涯中最具挑战性的跑道。

然而这次他感到跑道和以前不同,他感到片刻慌张。横竿被定在比他个人最好成绩高 18 英寸的位置上,距全国纪录仅 1 英寸。他这么想着,感到剧烈的紧张和不安。他想放松下来,但无济于事,反倒使他更紧张。他从未经历过这种体验。他内心深处无时不在想着母亲。现在怎么了? 母亲会怎么做呢? 很简单,母亲常告诉他这样的时候做一下深呼吸。

他照这样做了,紧张从腿上消失。他把撑竿轻轻地置于脚下,伸开胳膊,抬起身体。一道冷汗沿着脊背流了下来。他小心地拿起撑竿,心脏怦怦在跳。他想观众一定也是屏住呼吸,四周静寂。忽然他听到远处几只飞翔的知更鸟的歌声,他飞行的时刻到来了。

他开始全速助跑,跑道与往日不同又很熟悉。地面就像他常梦到的乡间小路,岩石、土块、金色麦田纷纷涌入脑海。他做了一下深呼吸,一切顺理成章,他飞了起来。米奇尔以鹰的威严在翱翔。

不知是看台上人们的欢呼声,还是落地时的重击声,使米奇尔重新清醒。鲜亮的暖洋洋的阳光照在脸上。他知道他只能想象母亲脸上的微笑。父亲也可能在笑,甚至在开怀大笑。米奇尔不知道父亲正在搂着母亲大哭呢。是的,坚信"想得到什么,就必须努力去做"的父亲像孩子似的在母亲怀中抽噎呢,母亲从未见到过父亲哭得如此厉害。她知道那是自豪的泪水。米奇尔马上被人群包围，人们祝贺他生命中辉煌的成就。他跳跃了 17 英尺 6.5 英寸的高度——一项全国乃至世界的青年锦标赛纪录。

鲜花、奖金和传媒的关注将改变米奇尔日后的生活。这一切不是因为他赢得全国青年赛的冠军并打破一项新的世界纪录，也不是因为他把自己的最好成绩提高了 9.5 英寸，而只是因为米奇尔·斯通是个盲人。

✳ ［美］戴维·奈斯特

❀ 自信小语 ❀

一个盲人运动员创造出了让世人震惊的奇迹。又有谁知道带他以鹰的威严翱翔的左右翅膀其实是他的父母。那份执著和坚持是父母亲送给他的最好礼物。"想得到什么，就必须努力去做！"希望这份礼物也能在我们的心中生根发芽，开出璀璨的花朵。

（史宪军）

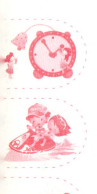

拾馒头的父亲

别人的歧视都是暂时的，男子汉，只要努力，别人有的，咱们自己也会有。

16岁那年，我考上了全县城最好的高中。听人说，考上这所学校就等于一只脚迈进了大学。父亲欣喜不已，千叮咛万嘱咐，希望我将来能考上大学。

恰巧这时我家在县城的一个亲戚要搬到省城去住，他们想让我父亲去帮忙照看一下房子，还给父亲建议说在县城养猪是条致富路子，因为县城人多，消费水平也高，肯定比农村卖的价钱好。父亲欣然答应，一来这确实是个好法子，二来在县城还可顺便照顾一下我。

等我在高中读了一个学期后，父亲在县城也垒好了猪圈，买来了猪崽。我平时在学校住宿，星期六的时候就去父亲那儿过夜，帮父亲照料一下小猪，好让父亲腾出时间回家去推饲料。

猪渐渐长大起来，家里的饲料早已吃了个精光，亲戚送给我们家的饲料日趋减少。买饲料吧，又拿不出钱来，父亲整日显得忧心忡忡。

我也愁在眉上急在心里，但也一筹莫展。有天我去食堂打饭时，发现许多同学常常扔馒头倒饭菜，我突然想到，把这些东西拾起来喂猪不是挺好吗。

　　我回去跟父亲一说，父亲高兴得直拍大腿，说真是个好主意，第二天他就去拾馒头剩饭。

　　我为自己给父亲解决了一个难题而窃喜不已，却未发现这给我带来了无尽的烦恼。父亲那黑乎乎的头巾，脏兮兮的衣服，粗糙的手立时成为许多同学取笑的对象。他们把诸如"丐帮帮主""黑橡胶"等侮辱性的绰号都加在了父亲头上。

　　我是一个山村里走出来的孩子，我不怕条件艰苦，不怕跌倒疼痛，却害怕别人的歧视。好在同学们都还不知道那是我的父亲，我也尽量躲避着父亲，每到他来时，我就离得远远的。

　　但我内心害怕被别人识破和歧视的恐惧却日复一日地剧增。终于有天我对父亲说："爹，你就别去了，叫人家都知道了，会嘲笑我……"

　　父亲脸上的喜悦一下子消失了。在漆黑的夜里，只有父亲的烟锅一红一红的，良久父亲才说："我看还是去吧！不和你打招呼就是了。这些日子，正是猪长膘的时候，不能断了粮呀。"

　　我的泪就落下来了。对不起了父亲，我是真心爱你的，可你偏偏是在学校里拾馒头，我怕被别人看不起呀！

　　接下来的日子，父亲继续拾他的馒头，我默默地读书，相安无事。我常常看见父亲对着张贴成绩的布告栏发呆，好在我的成绩名列前茅，可以宽慰父亲的，我想。

　　1996 年的冬天，我期末考试成绩排在了年级前三名，而且还发表了许多文章，一下子"声名鹊起"。班里要开家长会，老师说，让你父亲来一趟。

　　我的心一下子就凉了，我不知别人知道那拾馒头人就是我父亲时会怎样嘲笑我。伴着满天风雪回到家，我对父亲说："爹，你就别去了，我对老师说你有病……"

　　父亲的脸色很难看，但终究没说什么。

第二天，我挟着风雪冲到了学校，坐进了教室。家长会开始了，鼓掌声和欢笑声不断，我却一直蔫蔫呆呆，心里冰凉得厉害。父亲啊，你为何偏偏是一个农民，偏偏在我们学校拾馒头呢！

我无心听老师和家长的谈话，随意将目光投向窗外。天哪！父亲，我拾馒头的父亲正站在教室外面一丝不苟地聆听老师和家长们的谈话，他的黑棉袄上落满了厚厚的积雪。

我的眼泪就哗哗地流了下来。我冲出教室，将父亲拉进来，对老师说："这是我爹。"教室里一下子掌声雷动……

回去的路上，父亲仍挑着他捡来的两桶馒头和饭菜。父亲说："你其实没必要自卑，别人的歧视都是暂时的，男子汉，只要努力，别人有的，咱们自己也会有。"

以后，同学们再也没有取笑过父亲，而且都自觉地将剩饭菜倒进父亲的大铁桶里。1997年金秋九月，父亲送我来省城读大学。我们乡下人的打扮在绚丽缤纷的校园里显得那么扎眼，但我却心静如水，没有一丝怕被别人嘲笑的忧虑。我明白，在这个世界上，歧视总是难免的，关键是自己要看得起自己。正如父亲说的那样：别人的歧视都是暂时的，男子汉，只要努力，别人有的，咱们自己也会有。

❀ 邓　为

🌸 自信小语 🌸

当我们被人瞧不起时，自己一定要努力，一定要瞧得起自己。这是这位普通而伟大的父亲给我们的谆谆教导。无论何时何地，只要自己看得起自己，付出辛勤的汗水向着目标去努力，就没有人敢轻视我们，没有人能忽视我们非凡的勇气。　　（史宪军）

5 元钱的价值

就在这一次，他学习到了"捐"的意义，以及别人所不能"捐"到的自己独一无二的价值。

那一年，孙明不过八九岁。一天，他拿着一张筹款卡回家，很认真地对妈妈说："学校要筹款，每个学生都要叫人捐钱。"

对小孩子来说，直接想到的挣钱的人就是自己的家长。

孙明的妈妈取出钱，交给他，然后在捐款卡上签名。孙明静静地看着妈妈签名，想说什么，却没有开口。妈妈注意到了，问他："怎么啦？"

孙明低着头说："昨天，同学们把筹款卡交给老师时，捐的不是 100 元就是 50 元。"

孙明就读的是当地著名的"贵族学校"，校门外，每天都有小轿车等候放学的学生。孙明的班级是排在全年级最前面的，班上的同学，不是家里捐献较多，就是成绩较好，当然，孙明不属于前者。

那一天，孙明说，不是想和同学比多，也不是自卑。他一向都认真对待老师交代的功课，这一次，也想把自己的"功课"做好。况且，学校还举行班级筹款比赛，他的班已经领先了，他不想拖累整个班。

妈妈把孙明的头托起来说："不要低头，要知道，你同学的家庭背景，非富即贵。我们必须量力而为，我们所捐的 5 元钱，其实比他们的 500 元还要多。你是学生，只要以自己的成绩尽力为校争光，就是对学校最好的贡献了。"

第二天，孙明抬起头，从座位走出去，把筹款卡交给老师。当老师在班上宣读每位同学的筹款成绩时，孙明还是抬起头来。自此以后，孙明在达官贵人、富贾豪绅的面前，一直抬起头来做人。妈妈说的那番话，深深地刻在孙明心里。那是生平第一次，他面临由金钱来估量人的"成绩"的无言教育。非常幸运，就在这一次，他学习到了"捐"的意义，以及别人所不能"捐"到的自己独一无二的价值。

自信小语

不能用金钱估量一个人的价值，人的真正价值应该在自信、刻苦、努力、勇气中得以体现。也许，今天的我们清贫，但我们身上拥有的诸多品质——善良、勇敢、正直、无私、勤奋——却是取之不尽的宝藏。

（史宪军）

奖励一个笑容

妈妈，您能奖励我一个笑容吗？我都好久没有看到您笑了。

自从丈夫死于空难后，琳达就得改变职业主妇的身份，而进入职场了。她的儿子卡奈尔已经 5 岁，而她也在家待了 6 年。对于整整 6 年时间没有外出工作过的琳达来说，要想重操旧业，几乎是不可能的了。因为作为一名 6 年时间没有动过笔和电脑的会计，已没有哪家公司愿意接受。

最终，她找到了一份接电话的文员工作，那还是她 10 多年前刚参加工作时干的活。她苦笑了一下，兜了一圈，又兜了回来。但她还是接受了，并且比 10 多年前干得还要卖力。可是，这份工作的薪金根本就满足不了她跟儿子的开销。她不知道自己能否挺得过去。

每天她一边计算着怎样将日子过好，一边向丈夫祈祷，希望他能保佑她和儿子早日走出困境。突然有一天，公司的人事文员通知琳达去财会部上班。原来，公司的总经理是琳达丈夫的生前好友，当得知琳达的情况后，决定让她重操旧业。

惊喜之后，当天晚上，琳达买了很多好吃的回到家里。琳达问卡奈尔："希望得到妈妈的什么奖励？"卡奈尔黯淡的眼神里突然闪烁出了欢欣的光芒："真的吗，妈妈？您真的愿意给我奖励吗？"琳达究竟有多长时间没有奖励过卡奈尔任何东西了，她自己都不知道。现在，只要他想要的，她一定会尽量满足他的要求："是的，卡奈尔，妈妈马上就会赚来很多钱，只要你想要的，想吃的，妈妈都可以满足你！"

卡奈尔并没有像琳达想象的那样，要求妈妈买一套皮尔·卡丹运动服，或是去高级餐厅吃牛排，而是嗫嚅着说："妈妈，您能奖励我一个笑容吗？我都好久没有看到您笑了，卡奈尔现在什么都不想要，就想要您的一个笑容。"琳达的眼泪不由自主地流了下来，她猛地将卡奈尔搂进怀里，说："好，好，妈妈一定给你一个笑容……"

顿时阵阵愧疚涌遍了琳达的全身。是的，这么多天来，她只知道四处寻工，想让儿子过上好日子，却忽略了卡奈尔真正需要的是妈妈有一颗对生活充满自信的心啊！从此，每天早晨和晚上，琳达都会送给卡奈尔一个甜甜的笑容。

✿　沈　湘

🌹自信小语🌹

妈妈的笑容就像雨后的彩虹，那么温暖，那么绚烂。那笑容的感染力有多强大，只有在心中激起惊涛的我们最为了解。微笑，来自对生活的自信，来自对人生的肯定，来自对周围一切的赞赏……让我们每天露出自信的笑容吧，生活就在微笑中，等待我们去拥抱……

（史宪军）

苏珊脸上无哀伤

就在母亲退休那年，教堂正式聘任苏珊做专职钢琴手，她的琴声合着祷告对人有一种天然的魔力，让人恬静安适。

在奥地利的一个小镇上，有一位母亲，她有个女儿叫苏珊。苏珊5岁时因为一次意外导致双目失明，意识混乱，语言能力低下，自卑感很重。该上学了，可是没有哪个学校肯收留这么一个孩子，母亲于是自己教她，她学什么都很迟钝，性格也很暴躁，母亲一直耐心地教导，可是效果不是很明显。

一次到教堂祈祷，苏珊听到钢琴声响起却安静下来，回来后心情也很好。

母亲像发现了宝藏一样珍爱她这个发现，悄悄地花钱把女儿送到最近的一个教堂琴房当义工。实际上母亲还要给教堂养护费，不然教堂不愿意收留苏珊。一段时间后，母亲又多拿出钱来让教堂为苏珊发工资。苏珊很高兴，也有了自信，慢慢地她也敢上琴台了，但是开始弹得很糟糕，周围的人都认为那是可怕的噪音，教堂就不要她去弹。母亲就恳请牧师让苏珊只在没有人的时候去弹，甚至还给琴房的守卫下跪乞求，最后他们才同意。

于是母亲就在没人的时候带苏珊到琴房，骗她说周围很多人在听她的琴声,她弹得很好,就这样一年又一年,随着母亲脸上皱纹的累积,苏珊把钢琴的每一个部位都牢牢地记在了手指的触觉中,把自己和旋律融到了一起,感觉越来越好,心情也越来越平静,语言和意识有所回归。就在母亲退休那年,教堂正式聘任苏珊做专职钢琴手,她的琴声合着祷告对人有一种天然的魔力,让人恬静安适,这个教堂常常人满为患。

过了几年,她的琴技远近闻名,好多大教堂都请她去弹琴,她也成功地举办了自己的专场演奏会,苏珊成了闻名遐迩的钢琴演奏家。

但是每当记者采访她时,她还是只会紧紧攥住头发花白的妈妈的手,兴奋地和母亲说着我们听不懂的话,像个幼稚的女孩。

她创造了我们一般人达不到的辉煌,因为她有个爱她的母亲。

🌸 郭汉轩

🌹自信小语🌹

爱,尤其是母爱,总能创造一个个让人难以置信的神话。这位心中盛满了爱的妈妈费尽心思要灌溉给女儿心田的,是怎样甘甜清冽的自信之泉呀!有了爱,就有了幸福;有了爱,就有了成功的可能。相信这份爱的泉水会永远涓涓流淌在我们每个人的心间。

(史宪军)

比赛获胜的秘密

你现在闭上眼睛，回想以前你打网球时最精彩的一幕，把那过程从头到尾重演一次，好好地感受胜利的滋味。

有一位妈妈，她有一位读高中而且网球打得很好的女儿。有一年，学校举行网球联赛，女儿满怀着夺冠的希望，信心十足地报了名。

比赛前，当女儿查看赛程表时，她发现第一场的对手竟是曾经打败过自己的高手。于是，女儿感到很是沮丧，开始垂头丧气起来。"这次可能连预赛出线的机会也没有了，还说什么坐二望一啊！"

妈妈看见女儿如此绝望，自己的压力也很大。妈妈脑子一转，对女儿说："你想不想把那人打败报仇呢？"

"当然想呀，不过她上次把我打得很惨，我们的实力相差太远了。"

"我有一个方法，如果你照着我的话去做，你便能赢这场比赛。"

"真的吗？请妈妈快点告诉我好吗？"

"你现在闭上眼睛，回想以前你打网球时最精彩的一幕，把那过程从头到尾重演一次，好好地感受胜利的滋味。"

女儿照着妈妈的话做，脸上的绝望不见了，换来的是一片容光焕发。从此，女儿便天天照此调整自己的心态。

对比赛态度的改变，让她充满了信心和活力。不久，比赛开始了。女儿信心百倍地踏上球场，比赛中更是施展浑身解数，把对方打得落花流水，顺利地赢得了第一场比赛。比赛结束之后，女儿兴高采烈地冲向妈妈。妈妈说："你打得很好呢！"

"全靠妈妈的指点。老实说，我最初听到时觉得有点怀疑，没想到那么有效！"女儿兴奋地说着。

自信小语

在我们苦闷的时候，总有一双手在背后默默支撑着我们脆弱的心灵，那是爸爸妈妈的手。不管走到哪里，我们都无法忘记那鼓励的眼神，那默默无闻的手……给了我们无数勇气和信心的爸爸妈妈，将会陪我们走过人生的四季，走过一路的风风雨雨。永不言败，不轻易放弃，是我们对他们最好的报答。

（史宪军）

你能够做到

你很棒！试得很好！再试一次！尽你最大的努力！绝不放弃！我为你感到自豪！

女儿小的时候，我带她去学棒球。和她一起学棒球的，有一大堆美国女孩子。只要女孩子挥一下球棒，在旁边观看的大人堆里，就能听到一声尖叫或者不那么尖的赞叹："太好了，真了不起！我亲爱的小宝贝，我爱你！"

轮到女儿打球了，后面的小女孩扔给她一个球，她击不中，再来一个还是击不中。我站起来，急了，大声喊："路易莎，好好打！"哪知道教练喊的却是："试得很好！再试一次！"旁边有个认识我女儿的美国妇女站起来大声喊："路易莎，再来一次！你能够做到！"

女儿失败了一次又一次，教练说了一次又一次："试得很好，再试一次。"我也跟着学会了："试得很好，再试一次。你能够做到！"

直到女儿最终击中了一次，大家都给她鼓掌。教练高兴地说："路易莎，你真棒！"那个美国妇女也大声喊："路易莎，我刚说过，你能够做到的。"

练习结束后，小女孩们都跑到父母身边，有的大声问："妈妈，我今天很棒，对吗？"母亲回答："我亲爱的小宝贝，我为你感到自豪！"然后，把孩子搂到怀中。

女儿低着头来到我跟前低声说："爸爸，对不起，我今天没打好。"

我说："不，路易莎，你今天打得很棒！"

"真的？"女儿激动得声音都颤抖了，"真的？爸爸，我今天打得很好？"

"是的，"我告诉她，"你尽了你最大的努力，并且，你一次打不中，又打一次，绝不放弃，这是最让爸爸高兴的。我为你感到自豪。"女儿扑到我的怀中说："爸爸，你是最好的爸爸。"

你很棒！试得很好！再试一次！尽你最大的努力！绝不放

弃！我为你感到自豪！这是许多美国父母经常对子女说的话，孩子们的自信心和奋斗精神,就是这样被培养出来的。

自信小语

　　我们的自信心藏在身体里最温暖的地方,小小的,柔软的,需要我们像照料花盆里的小苗一样,赞扬是阳光,坚持是水分,鼓励是土壤,勇敢是养料。慢慢地,自信的心会和我们一起成长,开出最美丽的花朵。

（王 倩）

在人生的土地上播下
自信的种子

有一个女孩,没有考上大学,
先去做了服务员,但很快就被解雇。
后来,她先后当过纺织工,做过会计,
但都半途而废了。
女孩觉得自己很笨,
后来一位农民伯伯对她说:
"一块地,不适合种麦子,可以试试种大豆;
大豆也种不好的话,可以种瓜果;
瓜果也种不好的话,也许能种荞麦。
最后它总会有一片收成。"
后来这个女孩终于找到了适合自己的工作,
过上了幸福的生活。
每一个生命都是美丽的,如果你遇到困难,千万不要灰心,
在自信的灌溉下,最后你总会收获属于自己的幸福。

低智商的园艺家

每个人都有特长，你也不例外。终有一天，你会发现自己的特长。到那时，你会是你爸爸妈妈的骄傲。

少年琼尼·马汶的爸爸是木匠，妈妈是家庭主妇。这对夫妇节衣缩食，一点一点地在存钱，因为他们准备送儿子上大学。

马汶读高二年级时，一天，学校聘请的一位心理学家把这个16岁的少年叫到办公室，对他说：

"琼尼，我看过了你各学科的成绩和各项体格检查，对于你各方面的情况我都仔细研究过了。"

"我一直很用功的。"马汶插嘴道。

"问题就在这里，"心理学家说，"你一直很用功，但进步不大。高中的课程看来你有点力不从心，再学下去，恐怕就是浪费时间了。"

孩子用双手捂住了脸："那样我爸爸妈妈会难过的。他们一直希望我上大学。"

心理学家用一只手抚摸着孩子的肩膀。"人们的才能各种各样，琼尼，"心理学家说，"工程师不识简谱，或者画家背不全九九表，这都是可能的。但每个人都有特长，你也不例外。终有一天，你会发现自己的特长。到那时，你会是你爸爸妈妈的骄傲。"

马汶从此再没去上学。

那时城里活计难找。马汶替人整建园圃，修剪花草。因为勤勉，倒是忙碌。不久，顾主们开始注意到这小伙子的手艺，他们称他为"绿拇指"——因为凡经他修剪过的花草无不出奇的繁茂美丽。他常常替人出主意，帮助人们把门前那点有限的空隙因地制宜精心装点；他对颜色的搭配更是行家，经他布设的花圃无不令人赏心悦目。

也许这就是机遇或机缘：一天，他凑巧进城，又凑巧来到市政厅后面，更凑巧的是一位市政参议员就在他眼前不远处。马汶注意到有一块污泥浊水、满是垃圾的场地，便上前向参议员鲁莽地问道："先生，你是否能答应我把这个垃圾场改为花园？"

"市政厅缺这笔钱。"参议员说。

"我不要钱，"马汶说，"只要允许我办就行。"

参议员大为惊异，他从政以来，还不曾碰到过哪个人办事不要钱呢！他把这孩子带进了办公室。

马汶走出市政厅大门时，满面春风——他有权清理这块被长期搁置的垃圾场地了。

当天下午，他拿了几样工具，带上种子、肥料来到目的地。一位热心的朋友给他送来一些树苗；一些相熟的顾主请他到自己的花圃剪用玫瑰插枝；有的则提供篱笆用料。消息传到本城最大的一家家具厂，厂主立刻表示要免费承做公园里的条椅。

不久，这块泥泞的污秽场地就变成了一个美丽的公园，绿茸茸的草坪，曲幽幽的小径，人们在条椅上坐下来还能听到鸟儿在唱歌——因为马汶也没有忘记给它们安家。全城的人都在谈论，说一个年轻人办了一件了不起的事。这个小小的公园又是一个生动的展览橱窗，人们凭它看到了琼尼·马汶的才干，一致公认他是一个天生的风景园艺家。

这已经是 25 年前的事了。如今的琼尼·马汶已经是知名的风景园艺家。

　　不错，马汶至今没学会说法国话，也不懂拉丁文，微积分对他更是个未知数。但色彩和园艺是他的特长。他使渐已年迈的双亲感到了骄傲，这不光是因为他在事业上取得的成就，而且因为他能把人们的住处弄得无比舒适、漂亮——他工作到哪里，就把美带到哪里！

❋ 黄　晓

🌸自信小语🌸

　　天生我材必有用。每个人来到这个世界上都要去寻找属于自己的舞台。找到自己最擅长的，然后努力去学习、发展，我们就能在自己的舞台上走出自己的脚印，为这个世界创造出属于我们的奇迹和美丽。

（史宪军）

自信是快乐的源泉

> 世界上只有一个独特的我，是快乐还是忧愁全在自己的选择，美丽的内心和美丽的外表同样重要，发自内心的自信才是快乐的源泉。

　　前两天接到一位名叫玲玲的读者来信，说出了她埋藏了

20多年的心结。她在信中说："13岁那年，有一天我照镜子突然发现光润的脸蛋上长了3个黑点点，就犹如白白的墙上抹了一片黑，左看右看都不舒服，那一刻我觉得自己是世界上最难看最不幸的女孩。我使劲搓啊搓，直到把脸搓得通红通红，火辣辣的疼，那些斑点还是没去掉，我气急败坏地哭了一回又一回。有一天，我突发奇想，狠着心拿着针对着镜子挑，强忍着剧痛，看着血从脸上流下来，我天真地认为伤疤脱落后就是一张干净好看的脸了。妈妈问时我撒谎说是因为脸痒挠的。那天夜里我美美地睡着了，我梦见我的脸变得好白好美，从此我有了开心的笑容。没想到等我拿起镜子时又傻眼了！斑没小反而更大了，疤痕更明显了！我彻底绝望了！以后的几年里我都是带着羞涩和自卑度过的。

初中时一个男同学附在我耳边说他爱我，我觉得他是在嘲笑我，被我狠狠地骂了回去。直到丈夫娶了我，我仍觉得他当初看中我是一时疏忽和大意，甚至害怕他发现了而抛弃我。我每天对他装作很温柔，用增白粉蜜把脸遮了又遮。我不知道有一天丈夫会不会嫌弃我，一想到这我就害怕，整天恍恍惚惚的，提不起精神来……"

玲玲的心事让我想起我过去的心结：小时候，伙伴们笑话我的脚大，我就让妈妈买号码小一点的鞋穿，然后拼命往里挤，结果长大后，脚已经变形了。再大一些时，可能因我发育比较早的缘故，刚上初中个头就蹿到1.66米，体重也比同龄人超出很多，在女生当中很显眼。于是，夏天我忍受着酷暑，穿着长裤，怕别人笑话我腿粗；从不敢穿很鲜艳的衣服，担心会在人群中惹人注意；很在意别人的眼神和话语，生怕对方用异样的眼光看我……

总之，有一阵子，我活在战战兢兢和极不自然当中。直到有一天早上，和姐姐一起洗漱时，姐姐摸着我的脸笑着夸我说："你的脸像凝脂似的，多美啊！根本不用搽什么护肤品。"然后拉着我的胳膊转了一圈说："你的身材长得多匀称啊！"望着她羡慕的眼神我惊诧地问："你没说反话吧？"她说："怎么会呢，这是事实呀！"当时我好激动，再重新站到镜子前打量自己时，发现一个完全不同的我了！这时我才知道不是人的外表有什么翻天覆地的变化，只是人的心情变化了而已。我穿上漂亮的裙子，发现并不是想象的那样臃肿不堪，看来那么多年只是自卑的心理在作祟，捣鬼，是因为自己缺少自信心，没有正视自己。

让我彻底改变看法的是一次偶遇。那天走在街上，迎面走来一位微笑的红裙少女，当女孩走近时我发现她的脸上有一大片烧伤的疤痕，很醒目，可是她的笑容那样灿烂坦然。她化着淡妆，头发梳得一丝不乱，浑身上下都透着一股活力。那一刻我再也抑制不住，眼泪夺眶而出，为她的自信更为自己的释然。我把背负了十几年的思想包袱抛出好远，好远，从此不再为自己设置的心理障碍而左顾右盼，迷茫困惑。世界上只有一个独特的我，是快乐还是忧愁全在自己的选择，美丽的内心和美丽的外表同样重要，发自内心的自信才是快乐的源泉。还有一个值得提的就是我曾经采访过的农家女高健芳，摇着轮椅走在街上的她总是自信地微笑着和过路的人打个招呼，她勤奋写作，为了补贴家用也为了证实自己的价值。我曾问过她："在轮椅上生活那么不方便，为什么把自己和家里收拾得那样干干净净利利索索？"她说："这样让别人看着舒服，自己也高兴和自信啊！"

在平时和农家姐妹接触时，常常会听到好多人自卑地说自己长得不好看，或身体有缺陷，怕别人瞧不起。姐妹们，如果连自己都看不起自己,还要求别人看得起你吗?

 张建莉

自信小语

　　不管我们自身有什么不足,都要明白一点:这个世界没有绝对完美的人。如果连我们都对自己没有足够的信心,又怎么可能取得别人的信任?只有相信自己的人,才能让别人信服。所以,认真发现自己,充分相信自己,才能赢得尊重和幸福。　　(史宪军)

每个人都能以最美的姿势活着

　　这个世界上任何一个人都有属于自己的美丽姿势,每个人都可以为这个世界留下最美的镜头。

　　她小时候遭遇过一场车祸,颈椎受到了剧烈的撞击,致使她的脖子向右歪曲。医生尽了最大的努力,也没有完全地矫正她的颈椎,于是,她便成了一个"歪脖子"姑娘。

　　从小学开始,她就常常被同学们取笑。一天放学后,一群同学念着"曲项向天歌"来取笑她,她为此哭了整整一个晚上。她的"歪脖子"几乎夺去了她的自尊和对美好的追求。于是,她发奋读书,因为成绩的优秀能成为她唯一的骄傲。她成绩永远都是那么的好,直到上大学,她从来都是成绩最优秀的。

上了大学,她的"歪脖子"依然成为同学们的笑料,有人甚至叫她"小歪妞",她的心里总是漫过巨大的酸楚。

她的性格孤僻、自卑。她很沉默,在寝室几乎成了一个哑人;她很朴素,从来不像别的女同学那样打扮得花枝招展,因为她知道自己即使打扮得再漂亮,也难掩自己那严重的缺陷。在那美好的大学生活里,她卑微而悲哀地活着。有时候,她甚至对未来感到绝望。

班主任老师是一个爱好摄影的男青年,他总是向同学们展示自己的摄影作品,并努力提高那些有摄影爱好的同学的摄影水平。后来,他花了一大笔钱买了一个贵重的数码相机。于是,有一天,他对班里的同学们说:"明天我们搞个小生活会,我用新相机给你们每人拍一张明星时装照好不好?"同学们顿时一阵欢呼。

第二天,生活会在一个大教室举行。每个女生都穿得很漂亮,只有她依然穿着素淡的衣服。就在那个教室小小的讲台上,每个同学站在上面大胆地摆出了一个个漂亮的姿势,让老师拍照。老师拍得非常认真,对同学们的姿势,他总是细细指正,以求达到最好。

终于,轮到了她。她慢腾腾地走上讲台,拘束地站在上面,她的心一片慌乱和悲哀。她从小就知道,自己无论摆什么姿势都掩盖不了自己的缺陷,因此,她从小到大就没有拍过几张照片,甚至高中毕业照她都找理由推掉了,她不想让自己的样子留在同学们的相册和记忆里。

她木木地站在讲台上,台下的同学发出细碎的笑声,气氛有些尴尬。这时,老师走上前去对她说:"小袁,你觉得你最好的姿势是什么样的?"

她怯怯地回答道:"老师,我没有什么好姿势。"

老师笑着大声说："你错了，这个世界上任何一个人都有属于自己的美丽姿势，每个人都可以为这个世界留下最美的镜头！让老师告诉你，你最美的姿势是什么……"

老师一说完，便将她的右手抓起，让她用右手手掌托住自己微偏的右腮，再让她的左手手掌托着她的右肘关节，像是在思考问题的样子。老师迅速退回到相机后面，然后对她说："看镜头！"她睁大眼睛看镜头，"咔嚓"一声，一个睿智的身影便留在了相机里。同学们鼓起掌来，老师也随着鼓掌，一边鼓掌一边问大家说："小袁的 Pose 是不是很漂亮很美啊！"

"是——"同学们异口同声地回答，掌声一片……

那是她从小到大第一次听到别人肯定她的"美丽"，而且还是整整一个班的同学，她顿时热泪盈眶，泪水顺着眼角奔流而下，一直流到她依然托着腮的掌心里……

从那以后，她总把老师给她拍的照片挂在自己的床头，她每天睁开眼睛就可以看到自己优雅而睿智的样子。她忽然变得性格开朗起来，甚至还竞选当了学生会的干部，经常主持一些小会议。她也像每一个女生一样将自己打扮得漂漂亮亮的，向别人展示她的美丽。在每一个不经意的时刻，她都习惯地用右手托着腮，摆出那个属于她的姿势，因为这个姿势总让她看上去优雅而睿智。

多年后，她成了一个很成功的女企业家。当她被学校请去参加校庆时，校长请她为同学们讲讲自己的成功经历。她站在讲台上动情地说："你们一定会很惊讶我这么一个貌不惊人的女生为什么会成为一个成功的女人，你们一定想知道是什么让我战胜各种困难而走向成功的。我要告诉大家，是一位老师的鼓励让我走出生活的阴影，帮我找到了自我，并鞭策着我一直向前挺进。这个老师曾细心地为我设计了一个属于我的最美的姿势，并大声地告诉我，这个世界上任何一个人都有属于自己的美丽姿势，每个人都可以为这个世界留下最美的镜头。"

无论这个世界有多少不完美，每个人都能以最美的姿势活着！

❋ 张　翔

🌹自信小语🌹

其实，有时候人生的快乐并不是因为拥有的多，而是因为计较的少。无论我们的世界有多少不完美，只要执著地追求美丽的梦想，只要坚持心中的希望，只要不去计较别人的目光，以自己最完美的心态、姿态去生活，就能找到幸福的曙光。

（史宪军）

每一个生命都是美丽的

无论生活怎么变化，在她日记的扉页上，始终写着那一句话："每一个生命都是美丽的，你也一样。我愿你是我的女儿！"

有一个小女孩，她一出生时，就是一个"豁嘴"。她懂事之后，时常为自己的残疾而感到自卑和痛苦。她从来不敢守着人照镜子,而且很少主动开口跟别人说话。

上学之后,她看着那些活泼可爱、笑语满声的同学,愈加自惭形秽。因此,她的性情也愈加变得胆怯和孤寂。在上课的时候,她从来不举手发言。甚至面对老师的提问,她也总是以沉默来响应。其实,她的心中已有正确的答案,但是,她担心自己不清楚的发音,会引起同学们的嘲笑。

在下课的时候,她也总是静悄悄地坐在一角,看别的同学在一起嬉戏、打闹。偶尔,有一些喜欢恶作剧的男生,会逗她,说她是一只"小兔子"。然后,他们会问她嘴唇上的裂痕是怎么长的。

此时,她会羞得无地自容,满面赤红;尔后,她会用含糊不清的语音对他们撒谎说:"这是小时候,我不小心摔倒,被一块玻璃划破的——"

无论如何,说是由于事故造成的创伤,要比天生下来就跟别人不一样对她来说更容易接受些。她也深信,除了她的家人,再没有一个人会喜欢她这个缺唇、歪牙的"丑陋"女孩。

那是在升入中学之后,她越发变得忧郁和痛苦。在这个花季的年龄里,她丝毫没有感觉到成长的快乐。她一直认为,自己在别人面前是一个奇形怪状的"怪物"。而且,在她一个人偷偷落泪的时候,经常会有一种自杀的恶念在折磨着她。

自然,那些同学也极少跟神情冰冷、性格怪僻的她交往。新调来的班主任姓王,兼他们语文课的老师。王老师是一位身材微胖,待人慈善可亲的中年女士。

尽管在课堂上,她还是以沉默来响应王老师的提问。但是,王老师的脸上没有流露出丝毫不耐烦,或不屑的神色。

王老师还经常单独找她谈话,鼓励她从内心的阴影里走出来,多与同学交往,在课堂上多锻炼发言。她的心里,对王老师充满了感激。

那是一堂作文课，王老师给学生们布置的作文题目是"我的心愿——"。也许是这个题目触及了她压抑已久的思绪；也许是王老师对她的鼓励，使她的内心不再有那么多的隔阂；这一篇作文她写得很真切，把心中的苦闷和梦想全都吐露出来。在作文的最后一段，她如此写到："如果命运之神，能够赐给我一副完整的面孔。哪怕只有一天，让我用自己的美丽来面对生活，我也会毫不犹豫地选择用生命来交换！"

在下一堂作文课时，她心怀忐忑地从语文课代表手中接过了作文本。她猜测不出来，王老师会用一种什么样的眼光来评价她的作文。当她打开作文本之后，惊喜地发现自己的作文竟得了满分。只是最后那一段，被王老师用红笔重重地画掉了。

而在下面，被王老师加上了这么两句："每一个生命都是美丽的，你也一样。我愿你是我的女儿！"

抑制不住的泪水，从她眼中夺眶而出。当她偷偷拭掉眼泪，抬头看时，王老师正用一种鼓励的眼神注视着她。

就在这节作文课上，她的那篇作文被当做范文，并由她亲自站在讲台上诵读了一遍。尽管她的声音仍不清晰，但是当她读完最后一句时，课堂上响起了雷鸣般的掌声，经久不息。此时，她失声哭了起来，面对所有的同学，她毫无遮掩。

就从那一天起，她好像完全变成了另外一个人。她开始主动和同学们交往，在下课时，像他们一样快乐地嬉戏；在课堂上，她也总是抢着举手发言。

她也不再惧怕照镜子。甚至，她还笑着跟一些同学开玩笑说："从此，我要变成一只开心快乐的'小兔子'。"

一些同学不解她的话语，她则用手指一指自己的裂唇。同学们都被她自我调侃的幽默给逗乐了。

后来，她以优异的成绩被一所有名的服装设计专业的大学录取。在大学毕业之后,她毅然与两位同学合伙创办了一家服装加工店。经过几年的艰苦打拼,她们的服装店现在已经变成了一家固定资产超过 600 万的服饰公司,并由她出任公司总经理。

但无论生活怎么变化,在她日记的扉页上,始终写着那一句话:"每一个生命都是美丽的,你也一样。我愿你是我的女儿!"

❋ 矫友田

❀自信小语❀

带着我们的自信心上路,每一个生命都可以活出自己的精彩。因为对于我们来说,最重要的不是我们的外貌如何,家境如何,而是我们所为之努力的方向在哪里。心中有目标,并且用自信去实现梦想,我们也会拥有美丽的人生。 (史宪军)

在缺陷中寻觅自信

我们有了积极进取的可贵心态,能把不幸当做上帝的馈赠来享用,就能从缺陷中寻觅成功。

美国加州有一位农民,花了很多钱买下一块土地,但是这块土地贫瘠得种不成任何农作物,他的心情变得很沮丧。有一天,他突然发现在矮灌木丛中竟然藏着许多响尾蛇。他灵机一动,决定在这块恶劣的土地上大量饲养响尾蛇,生产响尾蛇罐头;又将蛇的毒液大量提取出来作为血清销售。结果证明,他的生意好极了。后来,他又把自己的农场开发成专供探险和观光的旅游基地,引来了世界各地的游客。农夫所购买的土地,贫瘠的缺陷并没有改变,改变的是农夫自己。

1972 年,新加坡旅游局给总理李光耀打了一份报告,大意是说:"我们新加坡不像埃及有金字塔,不像中国有长城,不像日本有富士山,我们除了一年四季直射的阳光,什么名胜古迹都没有。要发展旅游事业,实在是巧妇难为无米之炊。"李光耀看过报告,非常气愤。据说,他在报告上批了这一行字:"你想让上帝给我们多少东西?阳光,阳光就够了!"后来,新加坡利用那一年四季直射的阳光,种花植草,在很短的时间里,发展成为世界上著名的"花园城市",旅游业得到空前发展。

有一个小男孩,原本是练芭蕾的。在一次舞蹈训练中不幸颈部受伤,此后,他就像棵歪脖杨树似的,如果再练芭蕾定是尴尬无比。若干年以后的同学聚会中,大家惊奇地发现,他已经成为某著名乐团里的第一小提琴手。以歪脖姿势拉小提琴,不再是缺陷,那犹如玉树临风的姿容,有一种震撼心灵的美丽。问起他成功的秘诀时,他说,正因为颈部受过伤,练琴时也就没有其他人的不适感,他感觉这样的姿势正好适合自己,练琴的时间也比别人更长,更用心。久而久之,他就成了团里的"台柱子"。

也许你曾抱怨上帝的不公,让自身有了这样那样的缺陷。但如果我们有了积极进取的可贵心态,能把不幸当做上帝的馈赠来享用,就能从缺陷中寻觅成功。相信你也行!

宋艺涛

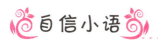

自信小语

每个人都有自己的长处，每件事物也都有它独特的价值所在。重要的是，我们要用心去发掘自己的潜能，将自己的优势发挥到最佳状态。用勤奋耕耘，用自信灌溉，我们的人生土地上会收获丰盛的果实。

（史宪军）

不利条件是有可能克服掉的

不管我们的个性是坚强还是脆弱，如果没有坚持到底的信念，也许我们注定无法成功。

雷格是在布鲁克林长大的，那时他胆小，而且说起话来口吃得厉害，他最怕被老师叫起来当着全班同学的面说话。有时，雷格为了避免上课时老师叫到自己，就逃学。每逢躲不开的时候，他就背对全班站着朗读，同学们常常取笑他。

雷格真正得到解脱是在15岁的时候。那时正赶上家里经济困难，他不得不辍学，在曼哈顿地区帮父亲和叔叔把服装和鞋送到顾客家里去。他们不给雷格工钱，但是干那种跑腿的差事改变了他的生活道路。

起初，雷格对歌剧还只是有点爱好——这主要是受妈妈的影响。雷格的妈妈是一个业余歌手，她的嗓音优美，听到雷格在家里唱歌，她就带他去拜见一位声乐老师。这位声乐老师的工作室就在大都会歌剧院里。雷格心里充满了对他的敬畏。他们交不起学费，但是老师同意靠奖学金教雷格唱歌。

雷格利用午餐的时间，手里抱着一大堆鞋盒和衣物去上课，或是干完了活去上课。那时雷格已经累得精疲力竭。他和妈妈都没有把上课的事告诉父亲，因为他们知道他是不会理解的。

一天，上完课后雷格回家晚了，父亲要知道他为什么这么晚才回家。

雷格不能再保密了，他忍不住，就把上声乐课的事告诉了父亲。虽然父亲不知道什么是声乐课，但他没有阻止雷格。

这以后不久，一天雷格去第57街送货的时候，看见在斯坦韦大厅前围着一群人。原来是艾迪罗恩迪山旅游胜地的斯卡鲁恩庄园要招收一名暑假帮工，这里正在进行面试。

雷格唱了一首歌压倒了40多名对手，得到了这份工作。那时候他18岁，因为缺乏实际经验，雷格感到非常紧张。但是在工作中，他什么活都得干，所以这种紧张感很快就消失了。女声合唱队唱歌的时候，他给他们伴唱。他同时还为一个名叫斯克尔顿的青年喜剧演员当助手。第一次听到观众的掌声时，雷格就知道自己这条路是走对了。

连雷格自己都不敢相信，他一上台演唱，口吃就消失了。每次站到一批新的观众面前，他的自信心就得到进一步加强，胆怯也随之消失。他学到的最重要的东西是：使人变得软弱的不利条件是有可能克服掉的。

如果那天雷格没去送货，他就永远不会遇上那次面试，他就不会有那第一次转机。

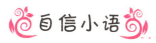
自信小语

　　不管我们的个性是坚强还是脆弱，如果没有坚持到底的信念，也许我们注定无法成功。想要一个不同寻常的人生，就必须下定决心，克服困难和弱点，并且怀有在千百次的挫折和失败之后到达彼岸的信心。

（史宪军）

好看不当大米吃

外表的美丑并不那么重要，自信坚强的心灵开出的花朵才是真正的美丽人生。

米粒：

　　你好！

　　暑假过得愉快吗？常去伊吉蜜河畔吗？真羡慕你自由自在的。有时我想，如果父亲不是下乡青年，如果我原本就属于哈尔滨，如果我从来都没离开过伊吉蜜，我就不会受这种夹缝里的痛苦了。我的户口迁回了城，可我是这里的陌生人。上那种毫无考大学希望的高中，城市的天空一片灰暗，17岁，我第一次感到前途迷茫。

　　暑假前，父亲打电话对我说："暑假打份工吧，挣你下学期的学费。"我咬着牙同意了。可是米粒，你知道我多想伊吉蜜波光粼粼的小河吗？但我得留下来打一份工，我知道父亲想锻炼我，想让我和这座曾经属于他的城市亲近。

我做的第一份工是在餐馆。米粒，你知道我不是个漂亮的女孩。不，不对，应该说我是个不漂亮的女孩才对。我长得挺拔健硕，像山里的小红松，但城里不喜欢这样的女孩子。城里的女孩子像柔柔的水柳。我黑，我妈说我掉到地上就找不着。我的额头宽，下巴翘。从前在伊吉蜜时，我不会在乎这些，漂亮又不当大米吃。可是米粒，在老板娘挑剔的目光下，我的自信轰然倒塌。不过是个端盘子的服务员，手脚麻利就可以了，干吗非要脸蛋长得像花儿啊？我把这话说给脸雕琢得彩鸡蛋一样的老板娘听时，她笑了："傻丫头，长得不好看会影响客人的食欲呀！"我一声不吭，转身就走。老板娘喊住了我："要不你去帮厨吧，八块钱一天！"

八块就八块，我留了下来。帮厨的大多是四十多岁的下岗妇女。帮厨总有干不完的活。择（zhái）菜、洗菜、洗碗，一样挨着一样，好在在家时，这些活我也干惯了，阿姨们也还照顾我。那一天，客人要吃炒土豆条。我想：土豆条哪有土豆丝好吃啊，在家里妈妈都是炒土豆丝的，于是我就切丝。结果一不小心切到手了，血把土豆弄得鲜红，大师傅走过来，抓把土豆丝一下子扔到我的脸上，吼着："你傻呀，跟你说了是土豆条、土豆条，你还切丝……"我的泪刷地就下来了，有什么了不起，我还不干了呢？我脱了白工作服。和我一起干活的吴阿姨拉着我的手，说："青草，没事的，你还小，这点事算啥呀？走，姨陪你去包一包。"我说："我不包，我要回伊吉蜜，那没人嫌我丑，那的人吃土豆丝土豆条都行。"阿姨们都笑了。冷静下来，我想我不走，我不能让人觉得"丑丫头"什么事也干不成。我很快就做得像模像样了。尤其是土豆条，切得像用了模子。阿姨们都夸我能干，说从农村出来的小姑娘就是能吃苦。

可这份工我只做了半个月，每晚十一二点下班，大伯后找的老伴嫌我影响她休息，没办法，我只好辞工。从餐馆里出来，有些留恋，也有快乐。兜里揣着150块钱（老板娘多给了一些），我走在中央大街上，左看右看，什么都舍不得买，这是我第一次挣钱啊！

有了上一次的经验，我不再寻找那些要年轻女孩做的工作了，导购小姐、化妆品推销员，都不去看。米粒，你说得对，丑也有丑的好处，没人会骚扰，也不给自己变坏的机会，脚踏实地挣钱，挺好。知道我的第二份工是什么吗？你可别张大青蛙嘴哦！送货公司，送米、送面、送煤气罐的公司！

大概是从没女孩子应聘这种工作吧，当我站在经理面前时，他足足瞅了我一分钟，然后说："开什么玩笑！"我说："让我试试，你就知道不是开玩笑了！"经理没吭声，旁边的一个大哥挺能逗的，说："就让这小丫头试试，看她这身板不赖，兴许能行呢。再说啦，男女搭配，干活还不累呢！"经理说："如果干不了，趁早说，别硬撑着！"

第一次是给一户人家送40斤米。我骑着自行车在哈尔滨30度的太阳地里跑了20分钟，汗像流水般地爬上六楼时，迎接我的是铁将军把门。我一屁股坐在地上，汗如雨下。那时我真想买张车票就逃回伊吉蜜，这破城市有什么好的。我等了一个钟头还不见人回来，扛着那袋米下楼。刚走到门口，就碰到了个老太太，她问我是不是来送米的，我点头。她说了她的名字，是这家。点真背，如果晚上十分钟，唉，啥也别说了，接着背吧。我先是背着，再是抱着，最后成了拖着了。"怎么来个丫头？"老太太嘟嘟囔囔的。出门时，她多给了我一些钱，我没要。

老太太说:"你不大吧?"我点头。"乡下的?"我又点头。"想做保姆吗?""我是来上学的,快开学了。"这回点头的是老太太了。她说:"要有空来陪陪我吧,我付给你钱!"我睁大眼睛:"奶奶,你真的要我陪吗?你不找个漂亮女孩来陪您吗?"老太太笑了:"又不是找对象,要漂亮干啥?"

就这样,我找到了第三份工。

开学了,我晒得更黑了,同学笑话我说:"你去非洲了吗?叫啥青草啊,干脆叫黑草得了!"我才不管他们怎么说呢,我就是丑小鸭,但我挣钱养自己了呀,你们行吗——城里的少爷小姐?

放学我就去陪那个奶奶,帮她做做家务,念念报,她儿女都忙,没时间陪她,挺孤单的。

米粒,我现在更努力学习了,不管能不能考上大学,多学点知识总是好的。前几天看报说人造美女的事,我想她们可真傻,好看当大米吃吗? 我不好看,也有米吃了呀!

梦里我还会梦到伊吉蜜河,在河边,我说:"青草长大了!"盼来信!

❋ 风为裳

🌀 自信小语 🌀

青草长大了,丢掉了曾经自卑的包袱,她经历了原本让她无法想象的成长。美和丑之间的距离并不遥远,外表的美丑并不那么重要,自信坚强的心灵开出的花朵才是真正的美丽人生。坚定自己的内心吧,寻找希望和信心的种子,我们也能开出"属于自己的花"。

(史宪军)

把自信带在身上

你在给其他学生讲题的时候也很美，不仅仅因为智慧，还因为你的自信，可惜，你没有常常把自信带在身上。

　　小美是一个善良的女孩儿，但是她很自卑。

　　她自卑是因为有一块紫色的胎记盖住了她整个左眼。这让她从此恨上了自己，也恨上了镜子。

　　小学的时候，她没有朋友，大家都躲她远远的，用手指来指去。初中的时候同桌干脆叫她"女海盗"，因为海盗的标准形象就是独眼龙，而她的那块胎记像极了独眼龙。

　　不止一次，小美在梦中惊醒，梦到别人指着她的左眼叫她"海盗"。走路的时候，小美总是低着头，她不想让别人看见她那块讨厌的胎记，她甚至想拿把小刀把它刮掉。然而这一切都无济于事。

　　小美渐渐地学会了自己独处。没有朋友，也没有交际，小美就把一切时间都用来学习。每当考完试，老师当着全班的面喊分数发试卷的时候，是小美最幸福的时候，也是她唯一能够抬起头昂首阔步的时候。

　　高中的时候，小美几乎成了班级同学的偶像，小美成了数学和英语两个学科的课代表。这个时候很少有人再叫她"海盗"了，高考的压力让同学们没有精力去嘲笑她。每当下课总有同学围着她问问题，在回答疑问的时候，小美笑得很美，很自然。然而，她还是自卑，还是不敢到人多的地方去，还是习惯性地低着头走路。

班里来了一位女老师，教英语。英语老师年轻、漂亮，朝气蓬勃，女孩子都以羡慕的眼光看着老师。在她们眼里，老师是这么美丽，这样高贵，每个女孩子都希望自己能像英语老师一样漂亮，甚至英语老师的喜好都能够影响班里的女生。由于是英语课代表，小美有更多的机会单独和老师相处。有一次，小美呆呆地看着英语老师说："老师，您真漂亮，我要是像您一样该多好。"话刚一出口，小美就自卑地低下了头。

老师看着她，慢慢地对她说："小美，你知道吗？你在拿到试卷的时候，你在给其他学生讲题的时候也很美，不仅仅因为智慧，还因为你的自信，可惜，你没有常常把自信带在身上。"

"把自信带在身上？"小美反复在心中默念这句话。

"对，把自信带在身上。"英语老师似乎读出了小美的心里话。

这句话就像一阵风吹醒了她。从那以后，小美每天都记得把自信带在身上。

自信的小美，轻而易举地考上了重点大学。在大学当中，由于自信，她渐渐地敢于跟别人交往，敢于当面表达自己的观点。她的声音很好听，在大学被同学推荐为校园广播站的主持人。由于工作优秀又被选举为学生会主席。

大四，其他的同学还在为找工作而四处奔波的时候，小美已经收到了五家跨国企业的邀请。

工作三年，小美就已经是部门经理，她也是公司有史以来最年轻的部门经理。她的男朋友是一家知名汽车企业的副总，在一次约会时，男朋友对她说："你左眼的胎记真漂亮，就像是一片绿叶挂在你的脸上。"小美笑了笑，她已经忘记了自己还有一块难看的胎记。

当别人问她怎么会如此优秀的时候，她总是说，高中一位漂亮的女老师用一句话改变了她，这句话就是——"把自信带在身上"。

❋ 吴海涛

🌸 自信小语 🌸

在生活中，任何一个人都有这样那样的不足，如果因此而陷入自卑，因此而否定自己，就很难找到正确的人生航向，陷入失败的危机。带着自信，忽略不足，擦亮眼睛，挖掘潜力，寻觅优点，发挥特长，这样才能找到通往成功的桥梁。

（史宪军）

"媚眼如丝"的青葱年

> 她没有站在高处以施舍的姿态给我帮助，却在暗处不露痕迹地把我从一只自卑的丑小鸭变成了自信的白天鹅。

16岁时，我到离家很远的一所高中住读。

第一天分寝室，六个人一间。初相识的五个女生兴奋地唧唧喳喳，一屋子的笑语喧哗。

"哎，这位同学你叫什么名字呀，介绍一下你自己啦。"可能突然发现了闷声不响的我，一个叫黄娜的胖女孩热情地向我打招呼。"艾小米。"我头也没抬地吐出三个字，面无表情继续铺我的床。

寝室里一下子安静下来。刹那间我的背上仿佛落满了芒刺，那是她们的目光。果然有人不满地嘀咕了："切，摆张臭脸给谁看，装什么清高！"我的身体僵了一下，眼圈就红了。这是我预料中的，我知道我的高中时代，又将和小学与初中一样，在自我封闭的孤僻里度过了。

从小到大，每到一所新学校，每换一班新同学，我都会经历一次这样的痛苦打击。其实谁愿意做离群的孤雁呢，可是我那么自卑——因为我的眼睛有点残疾，用医学名词来说就是斜视。自从我懂得羞耻开始，哪怕再炎热的夏季，哪怕汗水蒙了眼睛，我也一直戴着厚厚的镜片。可即使这样我还是尽量避免与人对视，那样很容易就会暴露我的缺陷。

黄娜和我的床铺面对面，每天晚上我们洗澡上床后，我总是背朝着她。她却好像一点都不在乎我的冷漠，总是主动和我的背影搭讪说话。

一个周末，外面下着雨，寝室的几个人都窝在黄娜的床上玩扑克，我躺在床上看书。看的是一本言情小说，我被男女主人公浪漫的爱情感动了，再想到自己将来可能一辈子都不会有爱情，眼泪情不自禁流了出来。我拿出纸巾擦泪，顺便偷偷瞄了旁边一眼，见她们玩得热火朝天没注意我，毕竟眼镜戴着不舒服，于是我悄悄地取下来放在了一边。

就在我聚精会神进入了情节时，突然听到小声议论："你们看艾小米！她看书时的眼神怎么……"我心里一慌，循声望过去，是睡我上铺的女生，她正一脸惊讶地看着我。我愣着一时没回过神，而她的脸色有些不悦起来："艾小米，你干吗这样凶巴巴瞪我？"

完了，我这才想起来我没戴眼镜！我本是用很正常的目光看她，可是因为斜视，竟被她误认成"瞪"她了。我本能地张了张嘴想解释，想想又咽回到肚子里。我的眼光开始急切不安地游移，我找我的眼镜，那份惶恐无助就像溺水的人在寻找救命稻草。睡上铺的那女生看着我左顾右盼，突然恍然大悟般地拍了拍脑袋说："哦，原来艾小米是……"

我的心一下子提到了嗓子眼，全身的汗都冒出来了。如果她当着这么多人的面说出我是斜视，我的脸该往哪儿搁呢？要是在学校传开，我就连自我封闭的一点小空间也要被粉碎了，我走到哪里都将会被人像看动物园里的大猩猩一样指指点点，我将受人轻视和嘲笑，我将从此被打入万劫不复的深渊。

我绝望地闭上了眼睛。突然感到一阵疾风，有个胖胖的身影走了过来，是黄娜。黄娜拿起我床上的小说，哈哈大笑地说："我就知道！原来艾小米是……是在学人家女主人公用眼睛'放电'呢！"说完她笑着朝我挤了挤眼，又转过身对大家说："你们看我学得像不像啊，呶，先把眼神集中朝一边看，迷离点儿啊，然后嘴角一抿，眼睛一眨，电就出来了，帅哥被迷倒了……"

整个寝室的人全部笑翻，我也笑了。在我看着黄娜笑的时候，黄娜一声惊呼："天哪，你们看艾小米已经学到位了，正宗的媚眼如丝！"此时我正对着墙上的大穿衣镜，我看到镜子里的女孩脸色红润，斜睒的眼丝加上半羞半喜的笑，的确有些动人。我很少笑，从来不知道自己也可以这样美丽。

美丽的笑让我变得自信大方起来。从那以后我总是尽量把微笑挂在脸上，我慢慢与大家合群了，学习也渐渐提了上来。和大家打成一片时，我常常会快乐地忘了自己的缺陷，我不知道有没有人发现过，但自始至终从没有人提起，那两个字眼在我的整个高中时代从来没有出现。

毕业的时候，我和黄娜考上了不同城市的两所重点大学。临别之际黄娜摆着胖乎乎的手说："嗨，'媚眼如丝'，再见啦。"

再见。我在车窗外一边挥手一边泪如雨下。亲爱的黄娜，她马上就会看到我在她包里放的一封信了，信上只有三个字：谢谢你。

我想，我的万语千言只能汇成这三个字了。我没有对她说过一句感激的话语，但我心里一直明白，是她机灵地遮挡了别人差点无心犯下的错，成功挽回了我的尊严。她没有站在高处以施舍的姿态给我帮助，却在暗处不露痕迹地把我从一只自卑的丑小鸭变成了自信的白天鹅。

❋ 蝶舞沧海

🌀自信小语🌀

再没有什么帮助比给予自卑心灵的安抚更让人怦然心动，心怀感激的了。同学一句机智幽默的笑谈给了一个自卑黯然的心灵以新生的力量，这是不经意间的奇迹。如果我们周围也有这样需要安抚的心灵，千万不要吝啬自己的爱。　　　（史宪军）

纸篓里的老鼠

多年以后,他才知道小老鼠不是意外掉进纸篓的,而是本尼迪斯太太特地请来的"助手"。

史蒂夫·莫里斯出生在美国密歇根州的萨吉诺城,幼年随父母搬到底特律。他和班上的同学比,很"特殊",因为他双目失明。对于一个9岁的孩子来说,"特殊"意味着被嘲笑,被冷落。小史蒂夫一度生活在重重自卑中,直到他遇见了本尼迪斯太太。

在史蒂夫记忆中, 小学老师本尼迪斯太太是颗永不消逝的启明星。她让史蒂夫发现了自己的天赋,教他勇于做个与众不同的人。本尼迪斯太太无疑是个睿智的人,她意识到光靠说教没法让9岁的顽童理解深奥的人生哲理。于是,她请来了一个"助手"。在"助手"的帮助下,女教师给史蒂夫上了一节难忘的人生课。他生命的乐章从此奏响。

故事发生在一间狭小的教室里。本尼迪斯太太正准备上课:"安静,大家坐好,打开你们的历史书……"小学生们不安分地在凳子上扭动着, 多数心不在焉。只有小史蒂夫默默无语。上堂课是体育课,孩子们刚从操场上回来,多数人还惦记着玩过的游戏,当然还有史蒂夫的洋相。

"今天天气真棒,我知道你们宁愿在外面玩游戏,"女教师脸上露出微笑，"可是如果不学习，你们就只能一辈子做游戏。"

"安妮，"老师提问，"亚伯拉罕·林肯是什么人？"

安妮局促地低下头："……他……他有大胡子。"教室里爆发出一阵笑声。

"史蒂夫，你来回答这个问题。"本尼迪斯太太说。

"林肯先生是美国第16任总统。"史蒂夫的回答清晰准确，毫不犹豫。他一向是个优等生，但学习好无法减弱史蒂夫的自卑感。除非意识到自己具有得天独厚的才能，否则史蒂夫将永远生活在自怨自艾中。

"回答正确，"本尼迪斯太太满意地说，"亚伯拉罕·林肯是我国第16任总统，南北战争就发生在那个时候……"话讲了一半，她突然停下来，做出倾听的样子，好像听见了什么异常的动静，"是谁在发怪声？"

小学生们莫名其妙地东张西望，只有史蒂夫没动。

"我听见一个微弱的声音，是抓挠的声音，"本尼迪斯太太神秘地低语，"听起来像……像是只老鼠！"教室里顿时乱作一团，女同学尖叫起来，胆小的孩子爬上课桌。

"镇静，大家镇静，"老师大声说，"谁能帮我找到它？可怜的小老鼠一定吓坏了。"孩子们乱嚷一气："讲台下面"，"窗帘后面"，"安妮的书桌里"……

"史蒂夫，你能帮我吗？"老师向静静地坐在座位上的史蒂夫求助。

"OK."小家伙回答，他挺了挺腰板，脸上闪着自信的光芒。"请大家保持安静！史蒂夫在工作。"本尼迪斯太太示意大家肃静，小教室里很快鸦雀无声。史蒂夫歪着头，屏息凝神，手慢慢指向墙角的废纸篓："它在那儿，我能听到。"

一点儿没错，本尼迪斯太太果然在纸篓里找到了那只小老鼠，它正躲在废纸底下，瑟瑟发抖，结果被听觉异常敏锐的史蒂夫发现了。历史课重新开始，一切恢复原状。但史蒂夫变了，一颗自信的种子开始在这个黑人盲童的心里生根发芽，渐渐驱散了他的自卑感。每当心情低落时，他便想起那只纸篓里的小老鼠。直到多年以后，他才知道小老鼠不是意外掉进纸篓的，而是本尼迪斯太太特地请来的"助手"。

今天，我们更熟悉史蒂夫的艺名——斯蒂维·旺德尔。他的与众不同带给我们无尽的享受。旺德尔集歌手、作曲家和演奏家于一身，摘取过22项"格莱美大奖"，有7张专辑打入美国流行音乐金榜，获得美国音乐世纪成就奖，入选"摇滚名人殿堂"……这些都是因为曾经有只小老鼠"意外"掉进了纸篓。（斯蒂维·旺德尔刚刚出生时，由于医院保暖箱里的氧气过量而双目失明。）

❋ 王　悦

🌹自信小语🌹

　　自信就像一根支柱，能够支撑起精神的广袤天空；自信又像是一片阳光，能驱散迷失者眼前的阴影。如果没有本尼迪斯太太用她的爱和智慧唤起了一个盲童的自信，那么这个世界也许会少了一个精彩的奇迹。大胆地相信自己吧，你也能像史蒂夫一样活得精彩。

（史宪军）

太阳的光芒为我打开了世界之门，
爱的光芒为我打开了世界的宝藏。

第3辑

打开你的自信罐

1972年夏,乔丹在收看了慕尼黑奥运会篮球比赛后,
兴冲冲地对朋友们说:"总有一天我也要参加奥运会,
我也要拿金牌的!"这时候的乔丹又小又瘦,
谁也看不出来乔丹是篮球奇才。
他的这番话遭到了同伴的嘲笑,
但乔丹每次拿上篮球都自信满满地说:
"我相信自己能行。"
20年后,
乔丹真的在巴塞罗那奥运会上带领美国队夺得了金牌。
当别人不相信你的时候,你一定要相信自己,
打开你的自信罐,成功会属于我们每一个人。

信念的力量

家长们很纳闷儿，也将信将疑，莫非孩子真的是大材料，被老师道破了天机？

鲁西南深处有一个小村子叫姜村，这个小村子因为这些年几乎每一年都要有几个人考上大学、硕士甚至博士研究生而闻名遐迩。方圆几十里以内的人们没有不知道姜村的，人们会说，就是那个出大学生的村子。久而久之，人们不叫姜村了，"大学村"成了姜村的新村名。

姜村只有一所小学校，每一个年级一个班。以前的时候，一个班只有十几个孩子。现在不同了，方圆十几个村，只要在村里有亲戚的，都千方百计把孩子送到这里来。人们说，把孩子送到姜村，就等于把孩子送进了大学。

在惊叹姜村奇迹的同时，人们也都在问，都在思索。是姜村的水土好吗？是姜村的父母掌握了教孩子的秘诀吗？还是别的什么？

假如你去问姜村的人，他们不会告诉你什么，因为他们对于秘密似乎也一无所知。

二十多年前，姜村小学调来了一个五十多岁的老教师，听人说这个教师是一位大学教授，不知什么原因被贬到了这个偏远的小村子。这个老师教了不长时间以后，就有一个传说在村里流传。这个老师能掐会算，他能预测孩子的前程。原因是，有的孩子回家说，老师说了，我将来能成为数学家；有的孩子说，老师说我将来能成作家；有的孩子说，老师说将来我能成音乐家；有的说，老师说我将来能成钱学森那样的人，等等。

不久，家长们又发现，他们的孩子与以前不大一样了，他们变得懂事而好学，好像他们真的是数学家、作家、音乐家的材料了。老师说会成为数学家的孩子，对数学的学习更加刻苦，老师说会成为作家的孩子，语文成绩更加出类拔萃。孩子们不再贪玩，不用像以前那样严加管教，孩子们也都变得十分自觉。因为他们都被灌输了这样的信念：他们将来都是杰出的人，而有贪玩、不刻苦等恶习的孩子都是成不了杰出人才的。

家长们很纳闷儿，也将信将疑，莫非孩子真的是大材料，被老师道破了天机？就这样过去了几年，奇迹发生了。这些孩子到了参加高考的时候，大部分都以优异的成绩考上了大学。

这位老师在姜村人的眼里变得神乎其神，他们让他看自己的宅基地，测自己的命运。可是这位老师却说，他只会给学生预测，不会其他的。

这位老师年龄大了，回了城市，但他把预测的方法教给了接任的老师。接任的老师还在给一级一级的孩子预测着，而且，他们坚守着老教师的嘱托，不把这个秘密告诉给村里的人们。

我的几个好朋友就是从姜村走出来的，他们说，他们从考上大学的那一刻起，对于这个秘密就恍然大悟了，但他们这些人又都自觉地保守起这个秘密。

听完这个故事，我一直在被这位可敬的老师感动着。人世间还有什么力量能超过信念的力量呢？他正是通过中国最传统的方式，在幼小孩子的心灵里栽种了信念啊！

❋ 鲁先圣

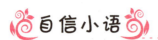

自信小语

　　这位可亲可敬的老教师,是耕耘心灵田野的智者,他用自己独特的方式在孩子心间播种了信心。可见,信心和信念的威力是多么强大,它能左右一个人的未来,能让盲者看到灿烂的光明,能让失聪者听到悦耳的歌声……即使是我们还尚显稚嫩的生命也能焕发出惊人的力量。

(史宪军)

永远的自信

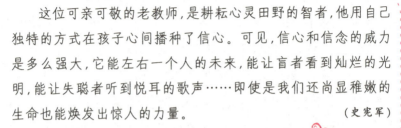

安迪变成了蚂蚁英雄,它以博士的话作为座右铭:"只要有信心,什么事都会成功。"

　　在蚂蚁王国中,有一只小蚂蚁,它叫安迪。它从一出生,就在各方面都具有深不可测的潜能和超人的本领,可是它的才能不但没被其他蚂蚁发现,人家还把它视为弱者。

　　蚂蚁王国有一个小小的独立军团,由志愿者组成,是用来抵抗蝗虫和其他入侵者的。安迪最大的梦想,就是长大后也能加入独立军团,反击蝗虫与入侵之敌,为国立功。可它万万没想到的是,没过多久,这个愿望就实现了。

　　那是一个晴朗的日子,安迪和小伙伴郑提、玛兰出去玩耍。它们走出蚂蚁洞，来到了外面的世界。当它们玩得正高兴时，一个强大的敌人来了，那就是人。郑提有危险了！人的脚马上就要踩到它身上，将它踩扁了。就在这千钧一发的时刻，安迪奋不顾身地冲上去，居然把人的脚给顶住了。郑提逃走后，它又来了个旋风式，转得人差点晕倒。为救朋友，安迪身上出现了一股神奇的力量。

这一切都被蚂蚁王国的卡西莫博士看到了，它马上介绍安迪到了独立军团，还告诉它：只要有信心，什么事都能成功。安迪把博士的话牢记在心。

在又一场对敌决战中，安迪万万没想到，它的对手竟是父亲安特！原来父亲背叛了蚂蚁，站在了蝗虫一边。安特也有超人的能力。面对父亲，安迪产生了巨大的心理压力，但它脑海中只有两个字，那就是"自信"。

安迪决定选择战斗，它相信正义必胜。通过一场生死决斗，安迪取得了最后的胜利，它父亲也承认了自己叛变的过错。

安迪变成了蚂蚁英雄，它以博士的话作为座右铭："只要有信心，什么事都会成功。"

❋ 陈瑾昌

🌸自信小语🌸

遇到困难时，不要轻易逃避，因为这样会使困难变本加厉。当我们满怀自信地面对困难时，困难就会像弹簧一样被我们的勇气压制住，并不断减少。勇敢地面对困难，这种斗士般的精神会让我们成就奇迹。

（史宪军）

打开你的自信罐

她把自信罐放在自己的书桌上，当遇到困难时，就抓出一张小纸条，仿佛能从小纸条上听到一种声音，那声音就像从天外传来的。

在乡下的学校，靳小莹的成绩算得上是不错的，她还担任着班上的数学课代表。

过完年后，她老爸把她带到城里上学。老爸在城里跟别人合开了一家公司，当上了经理，手里有钱，人上托人，把靳小莹转入了八中。

八中是全市重点中学。家长们都这么夸八中："八中八中，十有八中。"就是说，将来考大学，十个同学八个能考上。

进了八中，靳小莹的老爸骄傲地认为，女儿的一只脚已经跨进大学校门了。

可靳小莹并不像她老爸想象的那样顺利，一个连电梯和火车都很少见过的乡下女孩，突然走进繁华的大都市，走进铺着红地毯的重点中学，自信心严重不足。原来在乡下学校，靳小莹也算个风云人物，班上要选班干部，大会要发言什么的，哪一次也少不了靳小莹。而在城里呢，一张张陌生的脸，一双双蔑视的眼，就像一根根针一样，穿透靳小莹的心。成绩再差的同学,都可以在靳小莹面前抬着高傲的头,投来不屑一顾的目光。刚来的那些日子,有的同学连她的名字都懒得叫,就叫她"乡下女孩"。

期中考试,初二年级全体500多名同学排名次,靳小莹考了个中腰数,排在250名左右。在乡下是个响当当的优等生,到城里竟成了"二百五"了!

不想在城里上学了,还是回乡下吧! 这句话,靳小莹一直想对老爸说,又不敢。老爸不知花了多少钱,才把她弄进了八中,上了半年,就要打退堂鼓? 老爸肯定会气得想揍她的。哎!没办法,死活先待着吧!

靳小莹老爸也担心靳小莹到城里重点学校跟不上班,常常问:"怎么样,小莹? 还跟得上吗? "

靳小莹总说:"还行。"

其实,她自己知道,这样下去会越来越不行的。

于是,靳小莹想到了在南京当中学教师的姑姑,就偷偷给姑姑写了封信,想请姑姑说服老爸,让她还回乡下去上学。

过了好久,姑姑没给她回信,却给她寄来一个小包裹。

靳小莹很高兴, 姑姑给她寄礼物来了, 迫不及待地打开看——什么呀?! 解开一层又一层的包装盒,里边是一个笨头笨脑的小白瓷罐。哎! 姑姑寄这个给我干什么呀? 土气死了!让人家城里女孩看见,要笑掉大牙的! 知道人家现在都送什么礼物吗? MP4,数码相机!

靳小莹再看看,那个笨头笨脑的小白瓷罐上,还有姑姑写的一行字:靳小莹的自信罐。

靳小莹觉得十分不可思议,姑姑为什么寄这个东西给她?里边装的什么宝贝? 揭开圆圆的小盖子,手伸进去一抓,里边有许多折好的小纸条。抓出来看看，每张小纸条上都有一句不同的话：

"上帝的旨意，把你重新安排在城里，上帝毫不吝啬地将人生的机遇再一次送给你。"

"我非常羡慕你有这样一次机会。"

"我希望我再小 20 岁，重新获得这样一次机会。"

"你在信中把自己说得一无是处，不对，我不这样认为。"

"你在乡下曾经是个好孩子、好学生，到城里为什么就不能做好学生？那是你的自信心首先矮了下去。"

"你说你在城里女孩面前没有一点儿长处。人，怎么会没有自己的长处呢？那是你自己先将自己看低了，并不是别人。"

"在有长处的人面前，要想到自己的长处。在比你强的人跟前，要努力拿出自己的强项。"

"任何人在这个世界上，都拥有别人不拥有的东西。你也一样。"

"一个人长期的奋斗过程，就是寻找世界和探索世界的过程。只要与自己的'人生密码'对上号，你就能开启那扇成功的大门。"

"你说你不擅长数学，而语文却是你的强项。你在信中所用的那些词句，都很优美、正确！"

"你说你平时不擅长说话，而你却善于思考。"

"你说你不擅长英语，而你的物理却很棒！"

"你说你是乡下来的，应该还回到乡下去，不！城市是所有人的，城市的文明，也是所有人的。"

"你要像你爸爸一样，要有信心在城里寻找下去。"

"第 250 名很差吗？那么，第 251 名以后的城里学生该怎么办？你替他们想过吗？"……

靳小莹确实没想过这么多。是呀，名次排在自己后边的城里学生，他们该往哪儿去呢？自己为什么要给自己寻找逃避的理由呢？姑姑说得多好呀！一切的一切，是我自己对自己没有信心，自己对自己的背叛！我真的就不如那些城里的女孩吗？某一门功课的成绩比她们差一点儿，可我觉得自己长得比刘莉、王娴她们还好看哩！

靳小莹收到姑姑的自信罐，就像梦中获得一个魔瓶，望着它，心中就能产生力量和信心。她把自信罐放在自己的书桌上，当遇到困难时，就抓出一张小纸条，仿佛能从小纸条上听到一种声音，那声音就像从天外传来的。

到了期终考试，靳小莹进了全年级前 20 名。

靳小莹又给姑姑写了一封信。

姑姑马上给她回信了，信中只有一句话：用你的双脚跨进天堂！

✳ 刘殿学

🌸自信小语🌸

难题是用来克服的，不是用来逃避的。在学习中生活中，我们总会和各种各样的困难打遭遇战。狭路相逢勇者胜，只有勇敢面对现实，找回信心和勇气，找到自己的长处，大胆出击，才能取得最后的胜利。打开属于自己的"自信罐"，细数那里的宝藏，我们也能一路向前，永不屈服。

（史宪军）

无坚不摧的信心领导

只要有信心，不但能带动别人，更可鼓舞自己勇往直前。

我的一位朋友，美式足球教练霍兹，让我深信：一流的球员能将人类体能发挥到极限，普通球队的赢球关键则是教练的领导能力。

霍兹为明尼苏达州立大学效力之前，这球队是前10名中的垫底队伍。后来我慧眼识英雄，想尽办法把他从阿肯萨斯州挖角到明尼苏达州掌"兵符"。虽然他只待了两年，仍然使球队打入久已无缘的超级杯大赛。当他再度跳槽到圣母大学，又一手将士气不振、前途茫茫的球队改头换面，使该校队美式足球成为球迷瞩目的焦点。

霍兹只是一个普通人。他只有145磅，又是近视眼。他高中及大学的成绩都在榜尾，却拥有出众的影响力。霍兹具备鼓舞士气的本事。

1988年圣母大学对迈阿密大学暴风队的一役可说明一切。开赛前夕，霍兹发言带动士气："大家帮我一个小忙。去告诉暴风队教练，我们会打得他们夹着尾巴滚蛋。"这番话引起兴奋的骚动。圣母大学昔日的光荣战绩即将再现，当时的景象真是精彩。

我们交情够好，所以直言无讳。

我开口："我们两人之中，铁定有一个搞不清楚状况。你刚才说的名言'打得他们夹着尾巴滚蛋'，必会登上全国报纸的体育版，当然也会传入迈阿密大学球员休息室。你真的想惹火他们吗？"

霍兹像饱经世故的成年人，向我这个未经世事的小孩子讲述人生奥秘般地说："在此危急存亡之刻，你的看法根本不是症结所在。我很清楚自己在做什么。迈阿密大学过去 4 次和我们交手，都把我们打得落花流水，总比分为 133：20。头 3 次虽不是我领军，但球员仍旧认为战况不会改变。他们过去一周的练习表现糟透了！我了解他们的想法，这些家伙不相信自己能赢。他们看到报纸上种种不利的说法，难道我没看到吗？老天在上，我之所以讲那番话，是因为想告诉他们，我真的相信他们办得到。如果连我都不相信能赢，这比赛还用打吗？"

我们到了目的地。霍兹向前在黑板上写道：

"我们要打得他们夹着尾巴滚蛋。"

然后转身向 100 名队员问道："我为什么这样说？"

没人举手。

"我为什么这样说？"

终于有一只手举起来了。

霍兹："说吧。"

"哦，霍兹教练，我认为我们比较强。"

霍兹一语不发，在黑板上大书：

"比较强。"

"如此而已吗？"霍兹再问。

又有一只手举起来：

"我们的攻击阵式较快。"

霍兹写道：

"攻击阵式较快。"

"还有别的吗？"他再问。

"拦截传球比较厉害。我们能够跑在他们前面。"

霍兹再添一条：

"拦截传球。"

接着他问："好，明天谁打算为圣母大学阻挡对方进攻？"

五只手举了起来。

霍兹大摇其头："你们这些家伙有没有看报纸？过去 4 场交手中，没人能阻挡迈阿密大学的 4 分卫瓦许。你们是认真的吗？"

这 5 个人并未退缩。

霍兹叫出这 5 个人的名字，在黑板上写下大大的"5"。

"谁打算明天狠狠扑倒瓦许？"

4 只手举起。

"且慢，瓦许过去 4 场没一次失手哦。"

仍然没人退缩。

霍兹一一唱名，在黑板上大大的"5"下面，再添一个"4"。

"现在，明天有谁要截球成功，多拿一次进攻机会？"霍兹又问。

又有 5 个人举手，霍兹再加上一笔。然后宣布："总共 14 个人。也就是说，我们可以获得 14 次转守为攻的机会。我们打都不用打，赢定了嘛。"此话并不尽然。硬仗还是要打，不过圣母队的确以 31：30 胜了对手。后来打入全国大学足球冠军赛，又以 34：21，赢了实力强大的西维吉尼亚大学队。

霍兹以球迷的热情和自己的信心，影响原本毫无自信的球队，赋予他们力量，带来截然不同的结果。每个人都该牢记这个典范：只要有信心，不但能带动别人，更可鼓舞自己勇往直前。

＊ 麦　凯

自信小语

这个故事告诉我们，信心和勇气是胜利的引路人。拥有信心的团队，握有自信的集体，首先就拥有了胜利的无限可能性。这种勇气和信念就像星星之火，在传递，在蔓延，在成长……当它燃烧成熊熊火炬时，看，胜利不就在我们眼前吗？ 　　(史宪军)

用信心奔跑的人

凭着信心奔跑，完全放松自己，不去管自己跑向何处，只管往前冲。

曾获得奥斯卡最佳电影奖的电影《火战车》，讲述的是一个真实的故事：在 1924 年巴黎奥运会上，一位来自苏格兰高原的大学生以抬头挺胸这种极不权威的短跑姿势闯入了百米决赛，并且被公认为是金牌最有力的争夺者。然而，当他得知百米决赛将在礼拜日举行后，却宣布他将不参加这项决赛，因为他是虔诚的基督信徒，主日里不应该从事任何非纪念主的活动，不应该有任何怠慢神的行为。他的名字叫伊利克·里达尔。

他的决定不仅轰动了巴黎赛场，也轰动了英国上下。还引来许多抨击，说他的决定名义上荣耀了神，实际上却是无视国王的尊严，不顾国家的荣誉。但他仍然闭门祷告，决心不变。虽然英国队长到处说情，但奥委会仍然拒绝改变竞赛日程。于是有人提出让伊利克参加星期二举行的 400 米决赛，给他另一次得金牌的机会。虽然伊利克很少跑中长跑，但他在祷告后还是决定参加 400 米的比赛。

星期二，400 米决赛开始了。很多人来看这位为了荣耀神而放弃百米金牌的人是人还是圣，但是几乎没有人觉得他有获胜机会。因为，中长跑和短跑在技术和风格上都完全不同，伊利克没有多少中长跑训练和比赛的经验。而且，他的跑姿实在太奇怪了，特别是在最后冲刺的时候，他总是闭目挺胸，脸向后仰，双手高举。但是，让人大跌眼镜的事情发生了，在还有最后一百米的时候，只见伊利克奋力摇着双臂，紧握着双拳在空气中摆动着，头向后仰得高高的，膝盖也抬得高高的，一下子就冲到了最前面。最后，伊利克夺得了 400 米比赛金牌，还打破了世界纪录。人们都说他有如神助，因为以他那种姿势根本不可能在田径赛场上夺魁。

伊利克舞动着的双臂看起来真像"风车"，但他却凭借这种特殊的跑姿，赢过了许多世界高手，屡次首先抵达终点。如果他在比赛中暂时落后，观众们就会说："他的头还没向后仰呢！"而真的，只要他高高抬起下巴，头向后仰，他的速度就会突然加快，然后获得冠军。

究竟是什么神奇的力量，让伊利克在头向后仰时突然就获得了动力呢？

在《火战车》这部影片里饰演伊利克·里达尔这个角色的艾恩·查理森，为了了解角色，终于对伊利克采取的这种跑姿有所领悟。他说，他在学习伊利克的这种跑法时，最难的就是头向后仰这个动作，只要他照这种姿势跑，就会看不清路线，根本搞不清楚自己的方向，不是偏离了跑道，就是撞到人。

直到电影开拍了六天以后，他突然顿悟了。原来，在戏剧学校时，老师常让他们做一种"信赖训练"，当你奋力向着一面墙跑过去时，你要相信有人会适时阻挡你，或者当你从钢丝绳上掉下来时，要相信有人会在下头接住你。他忽然明白了，伊利克在赛跑时，一定也是抱着那种心情，高仰着头，坚信自己一定能跑抵终点。凭着信心奔跑，完全放松自己，不去管自己跑向何处，只管往前冲。只要他充满了信心，精神上得到释放，他自然会仰着头，同时从他的肺部及双腿重新涌出一股力量，那就是他战胜对手的力量。原来，伊利克是靠着自己的信心在奔跑。

✳ 英　涛

🌸 自信小语 🌸

抱着坚定的信念，伊利克创造了旁人无法想象的奇迹。那种坚定是一种来自心灵的力量，是夺取成功不可缺少的法宝。如果没有它，即使是天才也可能徒劳无功。所以，抱定必胜的信念，去奔跑，去行动吧，我们一定会成功。

（史宪军）

我美丽，因为我自信

我告诉自己，每一朵浪花都是独一无二的，都是一道美丽的风景。这就是我，一个因自信而美丽的女生。

　　我没有如花的容貌，也没有过人的才华。茫茫人海，我只是其中一朵极其普通的浪花。但是我告诉自己，每一朵浪花都是独一无二的，是一道美丽的风景。这就是我，一个因自信而美丽的女生。

　　小时候，我胆子很小，许多事情都因怕做不好而不敢去做。老师和爸爸妈妈多次教导我：许多事情不是因为难度大而让人们失去了去做的信心，而是因为失去了自信才难以做到。在他们的鼓励下，我渐渐明白了自信的重要性，也逐渐变得自信起来。

　　记得上小学五年级时，我代表班级参加学校举办的英语演讲比赛。赛前，我在老师的指导下，扎扎实实地练习，作了精心而充分的准备。

　　到了比赛那天，一些参赛选手由于过于紧张，临场胆怯严重影响了他们的水平发挥。见到这种情况，我暗暗给自己打气："别紧张，我能行！"轮到我上场了，我不慌不忙地做了个深呼吸，送给台下的同学们一个自信的微笑，便迈步走上了演讲台。不知为什么，站在台上，我竟一点儿也不紧张，只觉得有一股神奇的力量在推动着我，鼓舞着我。我那天的演讲出乎意料的完美，最后我竟取得了全校第二名的好成绩。站在领奖台上，我忽然觉得自己成了这个世界上最美丽的女孩儿，因为我将"自信"这支画笔握在了手中，为我的人生画卷增添了一抹亮丽的色彩。

赛后，同学们纷纷簇拥着我，夸赞我为班级争了光。而我则从心里感谢自信给了我神奇的力量。我认识到，自信是成功的重要前提，是让自己美丽起来的法宝。

进入初中后不久，学校举行秋季运动会，我报名参赛的项目是 400 米跑。站在起跑线上，看着竞争对手一个个精神抖擞的样子，我难免有些紧张。但想到自己的体质不错，平时一直在坚持锻炼，很快就信心十足了。我自信地望着前方，想起上次演讲比赛的经历，心情逐渐放松……

随着"砰"的一声枪响，比赛开始了。我迈开大步向前飞奔，风从耳边呼啸而过。同学们的加油声震耳欲聋，更让我信心倍增。我忽然觉得自己不是在比赛，而是在与风儿嬉戏，竟越跑越快，越跑越轻松了。最终，我第一个冲过终点，摘取了初一年级组女子 400 米跑的桂冠。站在领奖台上，我的眼里闪烁着光芒，嘴角绽放出微笑，这一切仿佛在告诉人们：我，是最美丽的。

其实，做任何事情都不难，关键在于你是否拥有自信；

其实，做任何事情都不难，关键在于你拥有自信的程度；

其实，每个人都可以很美丽，只要你紧握"自信"这根魔杖。

因为拥有自信，所以在困难面前我迎难而上，从不轻言放弃；因为拥有自信，所以我在挫折中变得坚强，在竞争中变得勇敢。我坚信，只要拥有自信，不断努力，我就是最美丽的。

❀ 余星儿

操纵命运的手

> 一个人最可怕的敌人是自疑,一个人最可靠的朋友是自信。

　　研究人员曾在一所著名的大学中挑选了一些运动员，并将这些运动员分为两组。研究人员要求这些运动员做一些一般人无法做到的动作，还鼓励他们说:"由于你们是国内最好的运动员,因此一定会做到的。"

　　第一组到了体育馆后，虽然尽力去做，但还是没有做到，失败了。

　　第二组到了体育馆后，研究人员告诉他们说:"虽然第一组失败了,但是你们这第二组不同。你们把这个药丸吃下去。这是一种新药,能帮助你们发挥出超人的水平!"

结果第二组运动员全部完成了那些有很大难度的动作。

"那是些什么药丸,竟有这么大的魔力?"参加实验的大学生运动员事后问道。

研究人员说:"其实,那只不过是用可以食用的一般粉末制成的类似药丸的东西而已。"

显然,第二组的大学生之所以能完成那些有很大难度的动作,是因为他们比第一组的大学生更相信自己的能力。

自疑或自信对命运影响之重要,在佛罗伦斯·加德伟克横渡英吉利海峡的过程中也得到了很好的证明。

多年来,佛罗伦斯·加德伟克不断地刻苦训练,决心要成为第一个游过英吉利海峡的女人。

到了 1952 年,佛罗伦斯·加德伟克踏上了挑战英吉利海峡的征程。她出发时充满了希望。在欢送的人群中站满了新闻记者,当然也有一些人怀疑她是否能实现这个壮举。

当她接近英格兰海岸时,翻腾的海面升起了一阵大雾。她母亲把食物递给她,鼓励她说:"坚持下去吧!佛罗伦斯,你可以办到,只不过再游几海里罢了。"

佛罗伦斯坚持向前游了一阵,然后在筋疲力尽的情况下被拉到船上。但是她万万没有想到,上船时自己距离预定的目标仅剩下一百多码了。

当她发现自己距离预定的目标竟有那么近的距离时,真是异常的悔恨。

她后来对新闻记者说:"我不是找借口,我当时若能看到目标,我想我完全可以坚持下去游到岸边。"

不过,她不是那么容易被失败打倒的人。经过调整和训练之后,她决定再试一次。这次,虽然她又遇到了同样的大雾和翻腾的海水,但是她成功了,她成了历史上第一个游过英吉利海峡的女人。

一个人最可怕的敌人是自疑，一个人最可靠的朋友是自信。

自疑能扼杀潜能，将强者变成懦夫，将命运引向失败。

自信能使潜能发挥到极限，将平凡提高到非凡的高度，将命运引向成功。

自疑和自信都是操纵命运的手。

自信小语

自我肯定和自我怀疑就像天使和魔鬼，天使让我们充满信心、勇气和力量，去战胜困难；而魔鬼则让我们沮丧、自暴自弃，最后在困难面前吃尽苦头，无功而返。这对冤家对头就在我们自己心中，要相信自己，帮助天使战胜魔鬼，我们就能取得一个个好成绩。

（史宪军）

面对压力的詹妮

自信的人并不是没有压力，不是盲目地自以为是，而是面对压力正确认识自己，从容对待。

詹妮是一个很自信的女孩，她刚上中学的时候，学校有一个特别实验班,能在这个班级里学习的孩子数学水平都很高。詹妮很想进入这个班集体,与其他人不同的是,她的数学基础不是很好,所以她面临很大的压力。

细心的妈妈看在眼里,就劝她不要去什么特别班了。可是詹妮却不同意,她说:"我相信自己的能力,我一定能进入这个班级的。"

以后,詹妮用数倍于别人的努力去学习。第一学期坚持下来,她的各科成绩都获得优秀,并顺利地通过了特殊班的测试,圆了自己的梦想。

自信的人并不是没有压力,不是盲目地自以为是,而是面对压力正确认识自己,从容对待。刚刚进中学时,学校里开展了一系列的拓展训练:站在一个 7 米高的木板上,从一块木板跨到另一块木板。

詹妮起初很害怕,她去问教练:"两个板之间的距离有多远?"教练说大概是 1 米到 1.3 米吧!詹妮偷着跑到旁边,在平地试了一下,发现自己使劲跨出去,能跨出 1.56 米,她心里有数了,完成了"知彼"。

她又想:上去就当在平地,最差掉下来也有防护设施,只不过寒碜点而已,于是,她又完成了"知己"。结果,她又一次成功了。

这件事情让詹妮大受启发:只要做到知己知彼,就有成功的把握。学习也是一样的道理。

自信使詹妮在学校里非常优秀,她多次获得高额奖学金,还获得学校演讲比赛第一名。她到当地一家电视台仅当了一次嘉宾,就被导演看中,不久,成了这个节目的业余小主持人。

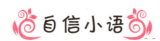

抬 起 头 来

那个签证官狐疑地看着前两次的拒签记录，嘴里嘟嘟囔囔地说"不自信，吞吞吐吐，不敢抬头"，好像完全不是说的这个女孩儿。

　　女孩在清华大学建筑学院毕业后，顺利拿到了美国哈佛大学研究生院的录取通知书。可是，没想到一切都准备好了，却在美国大使馆签证时连续两次被拒。女孩很伤心，躲在宿舍里哭。

　　一个要好的同学劝她，为什么不找个咨询公司帮忙，很灵的。女孩动心了，找到一家咨询公司。老板把女孩拿到的签证材料看了一遍，又让女孩详细介绍了两次被拒绝的经过。女孩细声细语地讲着，眼睛低垂，头也低着，不敢与老板对视。老板听着听着，打断女孩：不要说了，你的毛病就在这儿。

　　原来，女孩性格内向，不善于与人交往，一说话就脸红，还老爱低眼垂眉的,给人一种没有自信的感觉。老板很有经验地对女孩说:"你在我们公司主要就训练三项内容——抬起头来,眼睛平视,大声说话。"于是,两个星期里,老板的助手什么也不干,就想方设法让女孩养成抬起头来与人平视的习惯,并训练她大声说话。

第三次签证,半是习惯,半是刻意,女孩始终高昂着头,眼睛直盯着那个签证官,侃侃而谈,应对如流,从容不迫。那个签证官狐疑地看着前两次的拒签记录,嘴里嘟嘟囔囔地说"不自信,吞吞吐吐,不敢抬头",好像完全不是说的这个女孩儿。最后,他微微一笑:"你很优秀,看不出有拒绝你的理由,美国欢迎你。"整个过程只有5分钟。

❋ 陈鲁民

🌀自信小语🌀

抬起头,挺起胸,顶天立地做一个真实而独一无二的自己,我们会有一种全新的感觉——信心、自强、自尊,是发自内心的一种对自己的肯定和尊重。就这样走在人群中,人们能从我们身上感觉到一种力量,并喜欢和我们在一起。抬起头,挺起胸,做自信的自己!

(史宪军)

魔法师与屠龙剑

"没有一把剑是屠龙剑,也没有一把剑曾经是屠龙剑,唯一的魔法在于你的自信。"

有一位胆小的骑士,去魔法师那里学习"屠龙术"。第一天,这位骑士就向魔法师坦言自己是个胆小鬼,他确信:他一定会因过分害怕而无法杀龙。

魔法师叫他不要担心,因为自己可以给他一把杀龙的"屠龙剑",只要这把屠龙剑在手,任何人要杀任何一条龙都不可能失败。因为有了这样一种非凡魔法的支持,那个骑士感到非常高兴:屠龙剑在握,任何骑士,不管他是多么没用,都能够杀龙。那个怯懦的骑士用那把屠龙剑,依魔法师的指点杀死了一条又一条的"龙",解放了一个又一个被龙绑架的少女。

在这个课程快要结束的时候,魔法师对他的学生作了一次小小的测验,派他到野外去杀真龙。在一阵兴奋当中,他很快来到了洞口,要解救一个被绑的少女。这时,那条口中喷火、张牙舞爪的龙冲了出来。这位年轻的骑士把剑抽出来准备攻击这条正在发威的龙。正当他要砍下去的时候,他却发现自己拿错了剑,这把剑并不是那把屠龙剑,只是一把普普通通的剑。

但是,此时想要停下来已经来不及了,他用那只经过训练的手臂,将那支普通的剑挥舞了起来,出乎他预料的是,那条龙的头居然就这样砍掉了。随后,他腰间系着那条龙的头,手中拿着那把剑,还领着一个少女,无比兴奋地回到了他的老师面前,他赶忙将自己的错误以及自己那无法解释的"勇气"告诉魔法师。

魔法师听完那位年轻骑士的故事之后,笑了。他对那位年轻骑士说:"我想你现在大概已经知道了没有一把剑是屠龙剑,也没有一把剑曾经是屠龙剑,唯一的魔法在于你的自信。"

🌹自信小语🌹

读到这里,我们就明白了,屠龙剑并没有什么魔力,真正的魔力在于骑士的信心和勇气。自信不足的人往往要靠外界的力量得到信心,而真正自信的人则依靠自我心灵的力量获得勇气和力量。当我们胆怯时,不妨沉入心灵深处,寻找那里藏着的宝藏。

(史宪军)

我没有在空中留下翅膀的影子，
但我很高兴自己已经飞过。

第**4**辑

做好你自己

古希腊的哲学家苏格拉底在晚年的时候，
想找一个优秀的人来继承自己的思想。
他就把这个想法告诉了他最得力的一个助手。
助手找了一批又一批人，苏格拉底都不是很满意。
后来苏格拉底在去世前对助手说：
"你找的这些人，没有一个人能够比得上你的，
其实你就是最优秀的。
但是你不能去正确地认识自己、分析自己，
对自己缺乏信心。"助手听了后悔不已。
认清自己的优势，找到自己的长处，
我们都可以成为优秀中的一员。

我就是喜欢我

"我没办法像你那样游泳和跳跃……因为我是一只野兔,而你是一只青蛙。但是我们大家都爱你。"

"我好幸运啊!"青蛙一边欣赏着自己在水中的倒影,一边说,"我漂亮,会游泳,跳水又比其他人跳得好。我是绿色的,而绿色是我最喜欢的颜色。这世上最美好的事就是做一只青蛙。"

"那我呢?"小鸭问,"我是白色的。难道你不觉得我也很漂亮吗?""才不呢!"青蛙说,"你身上没有绿色。""但是我会飞,"小鸭说,"而你不会。"

"哦,是吗?"青蛙说,"我从没看你飞过。""我是有点儿懒。"小鸭说,"但是我可以飞。你看!"她跑了几步,大声地拍动着翅膀。然后,小鸭突然从地面升起,优雅地飞向天空。她飞了几圈之后,降落在青蛙面前的草地上。

"太棒了!"青蛙大叫,崇拜地说,"我也想要飞!""你不行!"小鸭说,"你没有翅膀。"然后很得意地回家了。

于是青蛙一个人开始练习飞行。他向前跑了几步,然后张开手臂,上下拍打。但是不论他怎样努力,都没办法飞离地面。

青蛙变得很灰心。我是一只没用的青蛙。他想,我连飞都不会。真希望自己也能有翅膀。突然青蛙想出了一个聪明的办法。他相信只要是小鸭能做的,他也能做。

青蛙花了一个星期的时间，用一块旧床单和一些细绳做了一对翅膀。他终于可以做一次试飞了。

他爬上河边的山丘，像小鸭一样，跑了几步，然后张开手臂，跳向天空。

开始，他像鸟儿一样在天空中盘旋了一会儿。但是不久，翅膀断了。他就像石头一样落下来，"啪"的一声，掉进了河里。这至少还算是安全降落。

老鼠看到青蛙狼狈地从水里爬出来。"你要知道青蛙是不会飞的！"他说。"那你呢？"青蛙问。"当然不会！"老鼠说，"我又没有翅膀，但是我很会做东西。"

青蛙在回家的路上一直想着这件事，他打算去问问小猪。青蛙到的时候，小猪正从烤箱里拿出一个蛋糕。"小猪，你会不会飞？"青蛙问。"当然不会了！"小猪说，"我想我在天上可能会吐。"

"那你会什么呢？"青蛙问。"很多东西啊！"小猪骄傲地回答，"我能做世界上最好吃的蛋糕，而且我很漂亮。我全身是粉红色的，粉红色是我最喜欢的颜色。"青蛙不得不承认这是事实。

我打赌我一定也可以做蛋糕。青蛙回到家后想着。他将所有他能找到的东西都丢进碗里，像小猪一样进行搅拌。

青蛙再把搅拌的东西丢进平底锅里，放到炉子上。看吧！青蛙心想，我的蛋糕一定很好吃。

但是没过多久，浓烟从锅里冒了出来，有一股很难闻的味道。蛋糕烤焦了。"我连蛋糕都不会做。"青蛙觉得很伤心。

他跑去找野兔。

"我可不可以和你借一本书？"青蛙问。

"你会认字吗？"野兔惊讶地问。

"不会！"青蛙说，"或许你可以教教我。"

"你看！"野兔说，"这是字母O，这是字母A，这是字母K，还有这……""好了，知道了。"青蛙没耐心听完，就夹着书跑回家了。

青蛙舒舒服服地坐下来，打开书。但是书上充满了陌生的符号，青蛙一个字也不认得。一小时以后，他一点也没有变聪明。"我再也不要看这本书了！"青蛙说，"这太难了。我只是一只既普通又愚蠢的青蛙。"

青蛙沮丧地将书还给野兔。"怎么样？"野兔问，"你喜欢吗？"青蛙遗憾地摇摇头，"我不认识字、不会烤蛋糕、不会做东西，又不会飞。你们都比我聪明。我什么都不会。我只是一只普通的绿青蛙。"青蛙哭着说。

"可是，青蛙啊！"野兔说，"我也不会飞呀！也不会烤蛋糕或做东西。我没办法像你那样游泳和跳跃……因为我是一只野兔，而你是一只青蛙。但是我们大家都爱你。"

青蛙陷入了沉思，他走到河边望着水中自己的倒影。这就是我！他想，一只穿着条纹泳裤的绿色青蛙。

突然间，青蛙感到非常愉快。野兔说得对，他想，我很幸运是一只青蛙。然后他快乐地一跳——一个很大的青蛙跳，这可是只有青蛙才能做得到的啊。他感觉自己像在飞。

自信小语

　　上帝是公平的，我们每个人天生都有属于自己的天赋和特长，重要的是不要埋怨自己有的地方不如别人，而是细细寻找属于自己的天赋，付出努力，发展它，完善它。做一只青蛙和做一只野兔其实都是一样的，拥有一样的快乐，一样的自由，一样追求梦想的权利。

（史宪军）

做最出色的自己

他们没有食言，8年以后，他们果然成了日本名副其实的第一流的鞋匠和裁缝师。

在日本，有一个毕业班的语文老师给学生布置了一篇作文，题目叫《希望》。

"当一名大公司的职员！""做一名科学家！""成为一名医生！"同学们的希望可谓五花八门。老师忘记了时间的流逝，兴致勃勃地批阅着学生的作文。他发现其中的两篇作文与众不同，一篇作文是学习成绩差而性格开朗的冈田正一所作；另一篇是患过小儿麻痹症、体质瘦弱的大川一郎所写。

冈田正一在作文中写道："我的爸爸原来是个鞋匠，在我幼小的时候就去世了，因此，我对爸爸没有什么印象。但我听说爸爸是个手艺高超的鞋匠，所以，我要做日本第一流的鞋匠。"大川一郎的作文则是这样描述的："我的身体不好，不能做一般人都能做的工作。幸运的是，我有一个亲戚在东京做裁缝，我想：自己虽然不那么灵巧，但如果拼命地学习，一定能做出漂亮的衣服。将来，我一定要做一名日本第一流的裁缝。"老师面对桌上摆着的这两篇作文笑了，正一和一郎好像预先商量好了似的，都要做一名"日本第一流的"。这两名不起眼的少年有着自己美好的理想,对未来充满了信心和希望。

毕业典礼结束的那天晚上,正一和一郎到了老师家里。"老师,我决定明天就去金泽市,到冈田鞋店当见习工。"正一信心百倍地说。"老师,明天我要坐3个钟头的火车到东京,不久,我就要成为裁缝了。"一郎苍白的小脸上泛着红晕。"你们都要朝着做所在行业的日本第一流的方向出发了。无论在哪一行争做第一流,这条道路都会充满艰辛与困难的,但不管发生什么事,都不要泄气。"听着老师语重心长的嘱咐,两位少年不住地用力点着头。

他们没有食言,8年以后,他们果然成了日本名副其实的第一流的鞋匠和裁缝师。在东京,只要一说起鞋匠正一和裁缝一郎,人们都会竖起大拇指。

自信小语

　　纵然不幸,但是谁又能抹去我们的希望和力量!纵然弱小,但谁又能否定我们相信自己,要做最好的自己的渴望!相信自己,不仅相信自己的能力、智慧,同时也要相信自己的意志和与众不同,相信自己只要努力,就能实现自己的梦想。　　(王 倩)

做一颗高速旋转的钻石

做一颗高速旋转的钻石吧！不要因为沙土的嘲笑和暂时的困境，就怀疑自己的价值。只有你旋转起来，世人才能看清你的光彩！

刚刚挖掘出来的钻石表面，总有一些难以清除的杂质尘埃。为了将这些杂质清除，人们便将钻石放置在特殊的清洁仪器上，让钻石飞快地旋转起来。于是，这些看似无法除去的杂质，便被高速旋转的钻石狠狠地甩了出来。清除了瑕疵的钻石，也立刻晶莹剔透起来，大放光彩。

小飞天生有一副好嗓子，考上中专后，她便在北京的一家酒吧做歌手。虽然不是主唱，但她独特的气质和天籁般的嗓音，常常在舞台上吸引了无数的眼球。随着时间的推移，小飞渐渐有了名气，很多人都成了她的歌迷，来请她参加演出的邀请也越来越多。有一次，在露天广场等待上场的她看见一个大人带着孩子经过，她调皮地冲着可爱的孩子眨了眨眼睛。没想到，孩子的家长当着她的面告诫孩子，如果将来不好好学习，就让他也上街头来唱歌。小飞听了之后，差点儿没晕倒过去！

不过，小飞事后想想人家的话也有道理，难道自己就在酒吧里唱一辈子歌不成？她歪着小脑袋开始琢磨，自己上的学校也不怎么好，再这么浪费年华，最后很可能就一事无成了。想明白了这些之后，她便决定根据自己的实际情况报考一所著名的艺术学校。从那之后，她一有时间就开始复习教材，专心致志地读起书来。很多人都不理解她的决定，有人就劝她，在酒吧唱歌既有丰厚的收入，又有充足的时间，何必还去学习那么难的课程，报考那么严格的学校呢？小飞也不辩解什么，只是继续埋头读书。不过，报考艺校的课程真的很难学，尽管尽了全力，可还是进展缓慢。这时，一些不和谐的声音又响了起来。有人好心地劝她恢复以前的生活，有人冷眼旁观等着看笑话。付出了那么多的努力，可还是收效甚微，身边还有那么多让人烦躁的声音，小飞自己也有些没信心了，心情也急躁了起来。越是心急就越难有什么进展，小飞急得团团乱转，恨自己不争气。只好在大街上拿废弃的易拉罐解气。

为了不让急躁的情绪继续蔓延，小飞把每天的日程都排得满满的。演出，上课，读书，拜师，每天背着自己的乐器乐颠颠儿地在北京的大街小巷间四处穿梭。人一旦忙了起来之后，也就没有时间去想别的了。每天的功课都做不过来，更没有时间去听那些刺耳的声音了。

日子就这样一天天飞逝而过。繁忙的小飞变得越来越自信，她的成绩也越来越好，最后轻松地考上了她梦寐以求的艺校。那些质疑的声音也一下子消失得无影无踪了，剩下的只是鲜花和掌声。从那之后，小飞就让自己每天都充实地生活着。上了艺校之后，她不仅在功课上投入了大量的精力，甚至还组建了自己的乐队，而且频繁地参加各种校外活动。

后来，她在一个偶然的机会里参加了一个选秀节目，从此迅速走红。她那天使般的嗓音、脱俗的气质征服了越来越多的人。如今，这个叫许飞的女孩儿，已经是红遍大江南北的歌手了。

　　我们每个人，都是一颗被播撒在凡尘中的钻石。当我们与沙土为伴时，没人看得见我们的光泽。与其浪费精力争辩，倒不如拼尽全力让自己旋转起来，甩掉身上的尘沙。

　　做一颗高速旋转的钻石吧！不要因为沙土的嘲笑和暂时的困境，就怀疑自己的价值。只有你旋转起来，世人才能看清你的光彩！

❀ 王者归来

❀自信小语❀

　　我们每个人都要相信，自己是一轮灿烂的朝阳，是一颗璀璨的钻石。相信自己，意味着要坚定，优柔寡断和半途而废都不能让我们放射出真正的光彩。我们要自始至终，死心塌地地相信自己——钻出乌云，抖掉沙尘，付出努力，我们就会大放异彩。

（史宪军）

自信的美丽

> 她的结论："我只看我所有的，不看我所没有的。"掌声在学生群中响起。

　　有一个女孩，她站在台上，不时无规律地挥舞着她的双手。仰着头，脖子伸得好长好长，与她尖尖的下巴扯成一条直线。她的嘴张着，眼睛眯成一条线，诡谲地看着台下的学生。偶尔，她口中也会依依唔唔的，不知在说些什么。基本上她是一个不会说话的人。但是，她的听力很好。一旦对方猜中，或说出她的意见，她就会乐得大叫一声，伸出右手，用两个指头指着你，或者拍着手，歪歪斜斜的向你走来，送给你一张用她的画制作的美丽的明信片。

她就是黄美廉。一位自小就染患"脑性麻痹"的病人。脑性麻痹夺去了她肢体的平衡感，也夺走了她发声讲话的能力。从小生活在自身行动不便及众多异样的眼光中，她的成长充满了血泪。然而她没有让这些外在的痛苦，击败她内在奋斗的精神！她昂然面对，迎击一切的不可能。终于，她获得了美国加州大学艺术博士学位。她用她的手当画笔，以色彩告诉人"寰宇之力与美"，并且灿烂地"活出生命的色彩"。全场的学生都被她失控的肢体动作震撼住了。这是一场倾倒生命，与生命相遇的演讲会。

"请问黄博士，"一个学生小声地问，"你从小就长成这个样子，请问你怎么看你自己？你都没有怨恨吗？"老师心头一紧，心想：真是太不成熟了！怎么可以当着面，在大庭广众之下问这种问题？

"我怎么看自己？"美廉用粉笔在黑板上重重地写下这几个字。她写字时用力极猛，有力透纸背的气势。写完这个问题，她停下笔来，歪着头，回头看着发问的同学，然后嫣然一笑，在黑板上龙飞凤舞地写了起来：

一、我好可爱；二、我的腿很长很美；三、爸爸妈妈这么爱我；四、上帝这么爱我；五、我会画画，我会写稿；六、我有只可爱的猫；七、还有……

这时，教室内鸦雀无声。她回过头来看着大家，再回过头去,在黑板上写下了她的结论:"我只看我所有的,不看我所没有的。"掌声在学生群中响起。美廉倾斜着身子站在台上。满足的笑容,从她的嘴角荡漾开来。眼睛眯得更小了,一种永远也不被击败的傲然,写在她脸上。

🌸自信小语🌸

"我只看我所有的,不看我所没有的。"多么聪明的选择!当大多数幸运儿还在为一些小遗憾自怨自艾无法自拔的时候,不幸的人却清点自己已经拥有的加以珍惜。不是我们没有幸福,是幸福来得太容易冲昏了我们的头脑;不是我们没有快乐和自信,是我们缺少发现快乐和自信的眼睛。

（史宪军）

相信自己独一无二

你自己本身也是绝无仅有、独一无二的。你的外表、动作、个性和思想都是唯一的。

有一位收藏家,专门喜欢收集和买卖一些稀少的、有纪念价值的物品,即使是要花再高的价钱,他都在所不惜。有一次,他听说在英国,有人要拍卖世界上最古老的邮票,十分心动。

他想，机会难得，于是赶紧前往拍卖会场。到了现场，他发现这是最少见的邮票，世上只存有两张，而这两张邮票都在会场上准备被拍卖。拍卖的最后，这位仁兄各以100万英镑买下了这两张邮票。出手之阔，惊动了拍卖会场，大家不知道他为何要出这么高的价钱。

就在众人仍然还在议论纷纷的时候，这位收藏家走到台上，向大家宣布："各位都看到了我以200万英镑购得这世上仅存的两枚邮票，现在我要做的是，把其中一枚烧掉。"讲完之后，他就从口袋里拿出打火机，果然把其中一枚给烧掉了。当时，来宾个个愣愣在那里，他们不敢相信这是真的，难道他真的发疯了？

这个时候，收藏家又说："大家都看到了，我已经烧掉了其中一枚。换句话说，我手上的这一枚是世界上独一无二的，它，才是真正的无价之宝！现在，我要把它卖给懂得鉴赏它的人，请大家出个价吧！"这时，喊价声不绝于耳，大家争先恐后想要获得这独一无二的至宝，最后，竟然以500万英镑成交，打破了有史以来最高的纪录。收藏家转眼之间就赚了300万英镑！

如果你也拥有一个全世界独一无二的稀有之宝，你会如何珍惜它呢？可是，你是否想过，你自己本身也是绝无仅有、独一无二的。你的外表、动作、个性和思想都是唯一的，过去没有，现在没有，将来也不会有其他的人跟你一模一样。在这天地之中，你就是你，无人可以取代！我们每一个人都是地地道道的"天生赢家"。我们每一个人都具备了赢家的特质和潜能，只要后天多加努力，那么我们每一个人都有成功的希望。

李　斌

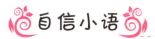

如果我们心中抱着梦想，就不要再犹豫彷徨，在岸边做一个漫不经心的学游者，不如真正跳入水中去奋力拼搏。只记住这样一句话"相信自己"，不管何时何地，我们都是独一无二的存在，都是无可替代的宝藏。去做自己喜欢做的事，成功就不会远了。

（史宪军）

做好你自己

我们每个人都可以是独脚兽、多足虫、蛇或者风，所以，不要因为别人的长处而苦恼，首先要做好你自己。

在一个晴朗的下午，庄子正坐在院子里晒太阳。他的一名弟子来访："老师，最近有一件事情令我很苦恼。"

庄子问："是什么事情令你这样苦恼？"

弟子满面愁容地说："我发觉最近自己的记忆力很差，而邻桌的同学每天记住的知识比我多很多。我十分羡慕他，却不知道怎样才能提高自己。"

庄子笑了一笑，没有正面回答，而是给他讲了个故事：

在远古的时候，有一种动物叫独脚兽。一天，它在路上遇到了多足虫，见到多足虫有许多的脚，便问："多足虫先生，我天生就一只脚，只要跳跃着行走就可以了，十分简单方便，可是你却有上千只脚，数都数不清，难道你走路的时候不觉得麻烦吗？"

多足虫笑了笑，说："你这么理解就错了。你看天上下的雨，那些雨滴有大一些的，也有小一些的，你我都没有办法数清楚雨滴的数量，也不能把它们分清，可是雨还是自然地落到地上。所以，即使我生有一万只脚，但是我顺其自然地行走，并不会觉得麻烦。"

多足虫遇到了蛇，看到蛇没有脚，却比自己走得快很多，于是便疑惑地问："我身上有这么多的脚，你没有脚，而我却没有你走得快，这是为什么呢？"

蛇回答："我生有强有力的腹部肌肉，然后带动腹部的鳞片来行走，这种天生的行动方式本来就无法更改，我哪里还需要脚来提高自己的速度呢？"

蛇遇到了风，看到风的行动比自己快很多，便说："多足虫有那么多脚，却没有我走得快，而你呼啸着从遥远的北海到这里，一会儿就可以到达南海。为什么你同样没有脚，速度却要比我快几千倍呢？"

风回答说："是啊，我瞬间就可以从北海刮到南海，速度确实很快。可是普通人用手指着我、用脚踢我也可以胜过我，然而，折断大树这种事情只有我风才能做到。我有自己的强项，也有别人可以察觉的弱点。就像你羡慕我的速度一样，我同样也羡慕你拥有外形啊。"

讲完这个故事后，庄子对那位弟子说："我们每个人都可以是独脚兽、多足虫、蛇或者风，所以，不要因为别人的长处而苦恼，首先要做好你自己。"

那名弟子再没有因为自己的记忆力不如别人而苦恼。几年后,他终于也成为一位博学的人。

✿ 慕容双涵

自信小语

在这美丽多彩的世界上,除了花儿的万紫千红和美丽娇妍,也有松柏小草的郁郁葱葱和青翠欲滴。我们每个人都拥有和别人不同的人生,即使我们是一枝静静地绽放在山崖里的百合花,我们的芳香也一样沁人心脾。不要事事羡慕别人,而要懂得相信自己。

(王 倩)

你是老虎不是山羊

它的吼声虽不及那头大虎那般雄壮,但谁又能够再对它产生怀疑呢?

有这样一个有趣的故事:

一只小老虎因母虎被杀而被一头山羊收养。接下来的几个月里,小老虎喝母山羊的奶,跟小山羊一起玩,它在尽力学习去做一只山羊。

过了一阵子，事情越来越不对劲，尽管这头小老虎努力去学，它仍不能变成一只山羊。它的样子不像山羊，它的气味不像山羊，它也无法发出像山羊一样的声音。其他山羊开始怕它，因为它玩得太粗鲁，而且它的身体太大。这头小老虎退缩了，它觉得被排斥，觉得自己不如别人，但它不知道自己究竟错在哪里。

一天，传来一声巨响！山羊们四散奔逃，只有小老虎坐在岩石上不动。

一头庞大的巨兽走向它所在的空地，它的颜色是棕色，中间夹杂着黑色条纹，它的眼睛炯炯如火。

"你在这羊群中干什么？"那个入侵者对小老虎说。

"我是一只山羊。"小老虎说。

"跟我来！"那头巨兽以一种权威的口吻说。

小老虎发抖地跟着巨兽走入丛林中，最后，它们来到一条大河边。巨兽低头喝水。

"过来喝水。"巨兽说。

小老虎也走到河边喝水，它在河中看到两头一样的动物，一头较小，但都是棕色并有黑色条纹的。

"那是谁？"小老虎问。

"那是你，真正的你！"

"不，我是一只山羊！"小老虎抗议道。

突然，巨兽拱起身子来，发出一声巨吼，整座丛林仿佛都为之动摇不已。等声音停止后，一切都变得静悄悄的。

"现在，你也吼一下！"巨兽说。

小老虎张大嘴，最初很困难，但它终于吼出了声音来，虽然像是在呜咽。

"再来！你可以办到！"巨兽说。

最后，小老虎感到体内有股东西在蠢蠢欲动，一直涌到它的小腹，逐渐地弥漫它全身，这时，它再也忍受不住了，竭尽全力地吼了出来。

"现在！"那头大斑斓虎说："你是一头老虎，不是一只山羊！"

小老虎开始明白，它为何在跟山羊玩时感到不满意。接连三天，它都在丛林漫步。

此后，当它对自己是一只老虎感到怀疑时，它会拱起身子来大吼一声。它的吼声虽不及那头大虎那般雄壮，但谁又能够再对它产生怀疑呢？

自信小语

也许，我们在没有发现自己的潜力时，总是把自己当成一个失败者，一个弱不禁风的人。但是如果我们能像那只小老虎一样"大吼一声"，就会发现原来我们也一样很棒。相信自己，带着对梦的执著，我们终将驶向成功的彼岸；相信自己，只要那个愿望还在燃烧，就一定能从内心深处迸发出无限的勃勃生机。　　　　(王　倩)

我肯定能行

无论遇到多大的挫折，都不要灰心，要坚信"我肯定能行"。

　　那年，本以为能考上重点大学的我却意外落榜了。曾经的梦想，曾经的豪情壮志如水蒸气一样被蒸发了。回到家的第三天，村小学的老校长找到了我，他说，学校里急缺老师，希望我能去给孩子们当老师。我勉强答应了下来。我们的村小学是周围几个村子共有的一所小学，有 10 个班，大约有 300 名学生，我负责四年级两个班的语文课。第一次以老师的身份走上讲台，学生们给了我热烈的掌声。我没有做自我介绍就开始讲课，因为我实在对教书没有什么激情。一堂课下来，我也不知道自己都讲了些什么。下课铃一响，我刚要走下讲台，突然有个孩子站起来说："老师你还没有告诉我们你叫什么名字。"我寻声望去，是坐在最后面角落里的一个男孩子。我看了看他，说："你们以后喊我刘老师就可以了。"说完，我下了讲台。刚走到门口，我又听见那个男孩子大声喊："刘老师，我叫王勇敢，小名铁蛋儿。"我回头冲他一笑，走出了教室。身后，我听见同学们哄笑的声音。我心想，这个王勇敢，可真够勇敢的。

第二天上课的时候，我特意把目光投向了教室最后面的那个角落，看见王勇敢正仰着微微有些黑的小脸看着我呢。那堂课我故意点了王勇敢的名，让他来读课文。我刚点完名，下面便爆发一阵哄堂大笑。当他读完课文后，我终于知道了同学们哄堂大笑的原因。王勇敢读的是错字连篇，他能把"坡"读成"披"，把"猎"读成"猪"。看来，王勇敢的学习成绩够差的。尽管，他读错了许多字，同学们还不时地笑他，但他好像一点也不在乎，脸上带着憨憨的笑，仿佛他读得很好。

下课后，我在办公室里，和一位老师聊起了王勇敢。这位老师说："那个孩子学习差得很，他9岁才上学，没上一、二年级，去年直接念的三年级，怎么能跟得上呢？"我问："那他怎么上学这么晚？""这孩子说起来很可怜，他家在前面的张庄，他爹去年外出打工被车撞死了，他娘扔下他改嫁了，他跟着爷爷奶奶生活。"我心里咯噔一下，我无法把这么悲惨的身世同那个脸上带着憨笑、看起来很快乐的男孩子联系起来。

放学后，我在回家的路上，看见了王勇敢。他背着一个很破旧的书包，别的孩子都是三五成群地走在一起，他却是一个人走在路边，嘴里还嘀咕着什么。我紧走几步，走到他身边。"王勇敢，你走路怎么嘴还不闲着，一个人嘀咕什么呢？"我摸着他的头问。"老师，我在背课文。"他说着，从书包里拿出语文课本，翻开其中一页，指着一个字问我："老师，这个字念什么？"我看了看，那是个"翼"字。我说："这个字念'yì'，以后遇到不认识的字，老师不在你就查字典。""老师，我没有字典，爷爷说等我语文考了90分，他就会给我买本字典。我一定能的。"他说着攥了攥小拳头。第二天，我把自己上学时用的字典和文具盒等一些学习用品，送给了王勇敢。他接了过去，低下头。我说："王勇敢，你可要爱惜它们呀。"

放学后，我正急匆匆地往家赶，突然身后有人喊："刘老师，你等一等。"我停下来，不用转身看，听声音我就知道是王勇敢。他跑到我面前，仰起头说："老师，我一定要考个90分给你！"我看见他的眼里泛起了泪花。我笑了，摸着他的头，和他一起并肩走。"王勇敢，你觉得哪门课学起来最难？"我问他。"哪一门都难，但我想哪一门都要学好，要赶上去。不然，爷爷就不让我上学了，但我将来还要上大学呢。"他的话充满自信，又略带忧伤。我不知道为什么，他的话一下子击中了我。为什么我连一个孩子的勇气和自信都没有呢？

　　期中考试，四门课，王勇敢只有数学这一门课及格了。我担心他知道自己的成绩后会难过。没想到，他却找到我的办公室来，很高兴地对我说："老师，老师，我的数学这次及格了！这是我第一次考及格。"说完就跑出了办公室，像一只快乐的小鸟。

　　我怎么也不明白，一个遭遇这么悲惨、学习成绩被别人远远抛在后面的孩子怎么会有这么难得的自信，这么难得的乐观。而我呢？曾经的豪情壮志经不起一次落榜的打击，曾经的梦想不知丢到哪里去了。那个学期王勇敢是班里唯一没有缺课没有迟到的学生。虽然他没有考到90分，但是期末考试他四门课全部及格了；尤其是语文成绩，竟然考到了82分。虽然他没有考到90分，但他并未感到沮丧，只是很认真地对我说："老师，我能行的，我一定能考90分给你，你等着瞧吧！"

　　第二学期，我也成了一名学生，只不过是自学。我决定通过自学考试来拿文凭，并且我要在心中重新把我的梦想树立起来，把曾经的豪情壮志找回来。

　　现在，我已经成为一所重点中学的特级教师，而当年那个自信、乐观的小男孩王勇敢也已经在上海一所大学读书。每一学年开始，我都把王勇敢和我自己的故事讲给我的学生听，我希望他们无论家庭是贫是富，学习成绩是好是差，无论遇到多大的挫折，都不要灰心，要坚信"我肯定能行"。

❋ 刘 艺

❀自信小语❀

　　王勇敢有一颗像他的名字一样勇敢的心。世上无难事，只要肯登攀。其实，我们在做事情时，缺少的只是一颗心，一颗在艰难困苦面前毫不退缩的心。只要有那颗勇敢的心，大声说："我能行！"就能放飞心灵的翅膀，让梦想成为现实。　　（王　倩）

自信的高度

塑造人重在塑造心灵，而自信是心灵的脊梁。

　　马富才同学因为车祸，留下了残疾，走路一瘸一拐的，他开始在心里自卑起来。由于怕同学们笑话，他从此闷在教室里，不再去上体育课。

　　又是一次体育课，杨老师听了他一贯的理由之后说："你和我们一起做广播体操总可以吧？"看着老师征求意见的眼神，马富才感到无法拒绝。可就在一套广播体操之后，杨老师又安排了跳高训练。同学们一个一个都跳了过去，马富才的名字被叫响了，面对第二次呼叫，他气愤地说："不行！你明知道我这个样子，为什么还要让我跳？"

"你看，这么低的高度！你一定能跳过去的！为什么要把自己当成一个残疾人、窝囊废呢!？"杨老师的话像一根钢鞭，抽得他生疼。

话音刚落，马富才像疯了一样向跳杆冲去，并顺利地跳过了横杆。之后，在杨老师的特意安排下，他一次又一次地跳过了横杆。下课之后，杨老师拍着马富才的肩膀告诉他，第二次之后，横杆的高度已经被自己悄悄地抬高了，但他还是跳了过去。老师意味深长地告诉他："以后不管什么时候都不要给自己设限，而且要把横杆不断地往上抬！"

这次体育课之后，马富才同学渐渐恢复了自信。他走出了自卑自怜的阴影，他不再逃避。他和同学们一起出早操，一起跑步，并在体育课上主动将横杆的高度一次次往上抬，又一次次地成功越过。

最可喜的是，由于不断锻炼的原因，马富才同学的病情日见好转，心理和身体的疾病都得到了改善，并顺利地考上了大学。

塑造人重在塑造心灵，而自信是心灵的脊梁。大学毕业之后，马富才到一家省级银行工作，并且工作得非常出色。每每在事业上徘徊不前的时候，他便想起了老师的那句话。那句话使他不由得提高了自信，越过了重重阻碍，奔向了成功与希望。

崔鹤同

🌸自信小语🌸

"自信是心灵的脊梁。"一句道破了勇气和信心对于我们成长的意义。不要在困难面前寻找借口和理由,如果我们愿意相信自己,抬起头,挺起胸膛,向前张望,那么梦想和目标就在不远的地平线上,它们像花儿一样,期待着我们跨过重重障碍去领略那醉人的芬芳。

(王 倩)

蜘蛛侠的地图

> 姨父接过地图一看,哈哈大笑起来:"这是你的小表妹画的'超级蜘蛛侠',你看,这些线条不都是蜘蛛的长腿吗?"

喜欢冒险的汉斯来到姨父姨妈家,决定攀爬他们家附近那座神秘的大山。姨父说:"真不巧,这几天我很忙,因为我的族人等着我开会。等我有时间了,再带你去吧。没人领着,你很可能会迷路的。"

姨父是族长,主持族人开会是他的头等大事,汉斯不希望影响他,便说:"怕什么,那我就一个人上山。万一迷路了,我就用手机打你的电话,向你求助。"姨父笑着说:"那好吧,祝你一切顺利。"汉斯自信地说："好的，我相信自己一定能够安全返回。"

汉斯一个人出发了，一路上都很顺利，可到达山顶后正准备折返时，突然狂风大作。姨父说过，必须等大风过去了，才能继续行走。汉斯只得找了个避风的地方，拿出睡袋钻了进去。一个小时后，汉斯从睡袋里爬出来，眼前竟然没有路了。

汉斯原地转了一圈，看得见的地方都是那么眼熟，却不知哪条才是通到山下姨父姨妈家的路。汉斯想打电话向姨父求助，可是，除了那个睡袋，他的身边什么都没有了，刚才的大风将他的行囊刮得无影无踪。

汉斯无计可施，只好收起睡袋，准备尝试探路下山，却在睡袋里发现了一张简易的地图。呵，肯定是姨父有意放进去的！汉斯来了精神，根据地图的指示，边走边判断，终于顺利地下了山，回到姨父家。

一进门，汉斯就向姨父道谢："我真的迷路了，可是手机让风吹跑了，没办法向你求助。多亏了你的地图，不然，我不知道几时才能'摸'下山呢。"

姨父奇怪地问："地图，我什么时候给过你地图？"

汉斯拿出那张地图说："不是你放进我的睡袋里的吗？"

姨父接过地图一看，哈哈大笑起来："这是你的小表妹画的'超级蜘蛛侠'，你看，这些线条不都是蜘蛛的长腿吗？"

汉斯惊奇地说："可是，我真的是拿着这张'地图'找到下山的路啊。"

姨父说："哦，我明白了，这张'地图'确实有功劳。"

汉斯略加思索，笑了："我也明白了。蜘蛛的长腿给了我信心，使我可以冷静地凭知识正确地判断出方向。"

 沈岳明

自信小语

有时候，生活会给我们开善意的玩笑。无意中画的图案能帮我们走出迷途，不经意间说出的话能让我们找到梦想大门的路……这一切只因为那些不经意已经为我们的心注入了坚强的信念和顽强的信心。只要有梦想，有信心，有勇气，一切皆有可能。

（王　倩）

自信的俄罗斯小姑娘

> 我不像你那么出名，我只是一个和别人一样的小姑娘而已，不过，你回去时可以告诉别人，就说今天陪你玩的，是俄罗斯的一位小姑娘。

一次，萧伯纳代表英国去苏联参加一个活动。当他在大街上散步时，见到一位可爱的俄罗斯小姑娘，胖乎乎的脸蛋，长长的辫子，俏皮极了。他忍不住停下脚步，把自己当成一个孩子和小姑娘玩了起来。小姑娘也很喜欢这个和蔼可亲的外国人，和他玩得很开心。

玩了很长时间，萧伯纳该走了。分别的时候，萧伯纳俯下身，用一只大手放在小姑娘的脑袋上，说："你回去可以告诉你妈妈，就说今天陪你玩的，是世界上有名的剧作家萧伯纳。"

他原以为小姑娘听完以后会高兴地跳起来，没想到，小姑娘听到后却十分平静，她拉着萧伯纳的手，抬起头天真地说："哦，我不像你那么出名，我只是一个和别人一样的小姑娘而已，不过，你回去时可以告诉别人，就说今天陪你玩的，是俄罗斯的一位小姑娘。"

萧伯纳听了，愣了一下，他意识到自己有些太自以为是了，同时也深深地佩服这位小姑娘自信的神情。

从那以后，每当说起此事，萧伯纳还会说，这位俄罗斯小姑娘是他的老师，他一辈子都忘不了她。

自信小语

俄罗斯小姑娘的可爱可敬之处正在于她的不卑不亢。她不仅是萧伯纳的老师，也是我们的老师。她教会我们永远不要妄自菲薄。生活就像一片闪着星辰的夜空，闪光的星星到处都有，但千万不要被别人的光彩遮住眼睛。我们有自己闪着璀璨光芒的自信和自尊，我们也是一颗闪耀的明星。

（王　倩）

第**5**辑

扬起自信的风帆

人生的旅途就犹如大海行船，
没有人能保证我们的一生永远是晴天，
当遇到狂风暴雨的时候，我们不要急于在狂风暴雨中起航，
而是要选择一根坚硬的桅杆，升起自信的风帆。
阳光总在风雨后。
人生旅途中的狂风暴雨并不可怕，扬起你自信的风帆，
它就会指引你走向成功的彼岸。

下 去 吧

我们是深邃的大海，当别人没有肯定我们时，我们要学会自我肯定；当别人冷嘲热讽时，我们要坚持自己。

有一天下大雨，体育课没法上，老师带我们在教室内做游戏。他在黑板上画了一个圆，说："谁再来添几笔，让人一看，就知道这个圆代表太阳？"

同学们纷纷举手。老师随便点了一个人。这名同学兴致勃勃地走上讲台，开始在圆圈周围添一些小线段，像太阳发出的光芒。不料，老师在一旁笑道："第一笔就画错了！"这名同学一愣，怀疑地望着老师。老师说："下去吧！"他就下去了。

老师擦掉小线段，回头问："谁再来？"又一名同学大步流星地走上讲台，拿起笔，开始在圆旁边画树。老师笑道："有这么干的吗？"这名同学也是一愣，继而回头瞅老师。老师说："下去吧！"他也下去了。

第三名同学走上讲台，二话没说，随手在圆下画了道大波浪线，远远看去，像海上升起了太阳。但老师仍然摇头，笑他："喔！哪会这么简单！"这名同学顿时失去了自信，擦去波浪线，凝神思考。老师说："快下去吧！"他也垂头丧气地回到座位。

"还有谁想上来试试？"老师站在讲台上扫视全班,教室内鸦雀无声,再没人敢去"卖弄"了。这时,老师又笑了,笑得挺诡秘的,说:"好吧,请刚才那三位同学再上来一下。"

三名同学走上讲台,老师安排道:"你,负责说'第一笔就画错了';你,负责说'有这么干的吗';你,负责说'喔！哪会这么简单！'……我每画一笔,你们都得依次将我讲的话说出来,然后再齐声对我喊'下去吧'！"

全班哄堂大笑,觉得怪好玩的,但不知老师的葫芦里卖的究竟是什么药。

工作开始,老师在黑板上画了三个大圆,然后在第一个大圆周围画小线段,体现太阳发光;在第二个大圆边画树,代表日上树梢;在第三个大圆下画波浪线,表示太阳出海……他每画一笔,旁边三个同学就按他所教的依次说——"第一笔就画错了！""有这么干的吗？""喔！哪会这么简单！""下去吧！"

一片嘈杂声中,老师终于画完了。他扔掉粉笔,回头对所有的同学说:"好了,画完了。请看,我是按刚才三位同学的构思画出来的,是那个意思吗？"

当然是那个意思——黑板上准确地表现出三个太阳。老师又说:"但是,这三名同学经不住我在一旁冷嘲热讽的打击,不敢坚持自己的想法,行动严重受扰,最终失去自信,放弃了。"

教室里很安静。老师最后说:"但是我坚持到底了,将太阳表现出来了。还是但丁的那句老话——走自己的路,让别人说去吧！"

✿ 张小失

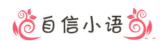
自信小语

　　有时，我们总认为自己像清澈见底的小溪，好像站在岸边的人一眼就能看到水中的鱼一样，以为别人对我们的才能总能一目了然。我们把别人的评价看得无比重要，以为能在别人眼中认识我们自己。其实我们要把自己看成是深邃的大海，当别人没有肯定我们时，我们要学会自我肯定；当别人冷嘲热讽时，我们要相信自己。

（王　倩）

人生中最初的自信

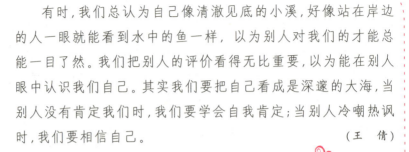

我是不是算得上美，但我心里是那样渴望美，渴望别人认为我是美的。

　　15岁那年，是6月的一天，我收到了一个邮包。我以前也收到过邮包，可这回收到的更像是旅行用的大衣箱，邮包用胶带和绳子封系得严严实实。

　　邮包打开了，里边全是衣服，是表姑寄来的，有些衣服还是表姑的女儿穿过的。表姑的女儿比我大一岁，她的衣服都很漂亮，比妈妈给我做的那些方格棉布衣裳要好看得多。

　　我知道表姑的女儿长得很美，而我却从不知道自己算不算美。但我心里是那样渴望美，渴望别人认为我是美的、是漂

116

亮的。遗憾的是,还从没有人这么对我说过。

靠近邮包底是一件白色礼服和一顶宽边帽,妈妈拿起来,说:"我想这件应该合你身,试一试。"

我脱下身上的棉布校服,穿上那件白色的礼服,然后把帽子戴在头上。我注意到,平常喋喋不休的妈妈,此时竟缄默无声。

"你把身子转一下。"妈妈说。

我不声不响地服从了。

"这是一套社交礼服,能派上用场的机会不多。"妈妈的语调中略带失望。

突然,妈妈兴奋起来:"对,期末那一天!我要为你买一件新衬衫和白鞋子,再配上这件礼服,在那天你可以一起穿上。"

这件礼服使我高兴不已,对新鞋子和新衬衫的期待也使我乐不可支。

期末那天一大早,我一起床,就迫不及待地把白色礼服穿在身上,把帽子戴上,然后我又穿上了妈妈为我买的新鞋子和新衬衫。

在去学校的路上,我的心情有些复杂,既激动又有一点慌乱。

我越来越意识到发生了什么,我从未见过有谁上学时穿着如此漂亮的衣服,这简直有点像结婚礼服,尽管帽子戴在头上很舒服。我真的不知道这样走进教室会怎样。

实际上,期末那天上学只是一种礼节,学校没有课,也没有活动,我们只是拿一下成绩卡,见一见在下个学期里将为我们任课的老师,前后不会超过一个小时。

当一间间教室映入眼帘时,我开始想象那群女同学会怎样对我品头论足。"你像谁呢?"她们或许会这样说,或者问,"如果你是新娘,那么新郎在哪儿呢?"

无论同学们怎样议论，我都默不作声，我这样告诉自己，然后面带微笑地走进教室。

　　然而，我所面对的反应并非如我预料的那样。教室里安静无声，同学们都身着盛装，看上去都很整洁。

　　坐在我左边的男生，叫比利，他咧嘴而笑，忘乎所以。坐在我右边的那个男生，一触及我的目光就低下头去，然后看着课桌若有所寻，其实我知道他的桌上别无他物。

　　一位姣美的女同学站起身，大胆地从桌子间的空道走过来，靠在我的桌子上，然后她凑近我，直盯着我的眼睛，好像在看一件非常稀奇的东西。我竭力地装出若无其事的样子，几乎忘了自己，而她突然爽声一笑，然后什么都没说就回到了自己的座位上。

　　班主任老师走进来，她看着我，脸上掠过一丝惊讶："你真不错！"然后她把注意力转向大家说："你们都很不错啊！"

　　我有一点点的失落，我是不是算得上美？我不知道，为什么有的时候我竟会那么在意别人对我的评价。

　　班主任老师发完成绩卡，就带着我们去见下个学期的任课老师。我的心里开始忐忑不安，颤抖个不停。新老师的脸上明显流露出惊讶之色，可我还是希望得到她的一个评价，可她却说了一连串带"不"的训话。

　　下课铃响了，这个学期结束了！我拿着成绩卡走出教室，朝校园的边门走去。在靠近学校的狭长的人行道上，我觉得有人跟在我的身后。我想看看到底是谁在跟我过不去。一转身，我看见了比利，他依旧咧着嘴笑。难道他还想再给我多留一点玩世不恭的印象吗？我这样想。

　　"你看上去确实很美。"比利认真地说。

　　我说："比利，谢谢。"虽然从表面上看我很平静，但我心里却激动极了，终于有人说我美了，我真高兴。

在那年期末那一天,比利可能不知道,他对我所说的"你看上去确实很美",几乎影响了我的一生。我时常记着,有人说我看上去确实很美,这使我不再自卑,这使我获得了人生中最初的自信。正是这人生中最初的自信,使我能够从容地面对人生中的一切难题。

真的,人生中最初的自信,对一个人的成长至关重要!

🌸自信小语🌸

幼小心灵的成长离不开信心的滋润和鼓励的阳光,纵然仅仅是一句轻声的赞美,也显得如此珍贵。那种对被肯定、被接纳、被喜爱的强烈渴望,把最初的记忆刻画成一幅纯真的向往。把握住人生最初的自信,相信自己会沐浴更多灿烂夺目的阳光。

（王　倩）

假　装　成　功

如果你想成为成功人士,你不妨现在就假装自己已经是成功人士,然后像成功人士那样去做人、学习和工作,最后你就可能成为一名真正的成功人士。

自信是成功的开始,付出是成功的关键。

许多年前，一个小姑娘应聘到位于美国纽约市第五大街的一家裁缝店当打杂女工。

　　小姑娘出身贫寒，家住在纽约一处廉价的出租房里。当她走进那家金碧辉煌的裁缝店时，仿佛置身于一个令人目眩的新世界中。

　　正式上班以后，她经常看到女士们乘着豪华轿车来到店里，在店里镀着金边的大试衣镜前试穿着漂亮的衣服。她们都和裁缝店里的女老板一样，穿着讲究，举止得体，端庄大方，高贵典雅。

　　小姑娘想：这才是女人们应该过的生活。一股强烈的欲望在她的心中升起：我也要当老板，成为她们当中的一员。

　　于是，小姑娘开始玩起了一个令人兴奋的游戏。她每天开始工作之前，都要对着那面试衣镜，很开心、很温柔、很自信地微笑。

　　她虽然经济拮据，只能穿粗布衣裳，但她假装自己已经是身穿漂亮衣服的夫人，待人接物落落大方，彬彬有礼，深受那些女士们的喜爱。

　　她虽然地位卑微，只是一名打杂女工，但她假装自己已经是老板，工作积极投入，尽心尽责，仿佛那裁缝店就是她自己的，因此深受老板的信赖。

　　不久，有许多客户开始对女老板说："这位小姑娘是你店中最有头脑、最有气质的女孩。"女老板也说："她的确很杰出。"又过了不久，女老板就把裁缝店交给小姑娘管理了。

　　日月如梭，光阴荏苒，这个小姑娘渐渐有了一个响亮的名字——"安妮特"，继而成了服装设计师"安妮特"，最后终于成了"著名设计师安妮特夫人"。

　　看来，成功也可以"装"出来。如果你想成为成功人士，你不妨现在就假装自己已经是成功人士，然后像成功人士那样去做人、学习和工作，最后你就可能成为一名真正的成功人士。

✳ 吴光平

❀自信小语❀

　　不是参天大树，却可以假装已经巍峨站立，为人遮风挡雨；努力奔跑，可以假装已是个跑步天才，赢得掌声和喝彩；默默练习写作，则可以假装已是一位知名作家，正在书写生命的精彩……有一种假装，能让自信装满胸膛，让勇气点燃希望，让梦想照进现实。

（王　倩）

小售货员尼克的第一笔生意

我跟你说过一个石头可以卖一块钱——如果你相信自己，你可以做任何事！

　　1993 年秋天的某个星期六下午，我匆匆地赶回家，试图要把一些后院的工作做完。当我在摇落树叶时，我 5 岁的儿子尼克，过来拉住我的裤脚。

　　"爸，我要你帮我做个告示。"他说。

"现在不行，尼克，我真的很忙。"我回答。

"但我需要一个告示。"他坚持。

"为什么，尼克？"我问。

"我要卖掉我的一些石头。"他回答。

尼克总是沉迷在"石头阵"中。他一直在收集石头，人们也把石头送给他。他定期清理放在停车棚里的那一大篮石头，各色各样的都有，它们是他的宝贝。

"我现在真的没空帮你，尼克。我必须把这些叶子摇下来，"我说，"去找你妈帮你。"过了一会儿，尼克拿了一张纸来。纸上有他的字迹，写着今天售价一块钱。他妈帮他做了他的告示，现在他要开始做生意了。他拿着告示，提着一个小篮子，带着他最好的4块石头，走到我们车道的前头，他把石头排成一条线，把篮子放在它们后面，并坐了下来。我从远处观察，对他的决定很感兴趣。

大约半小时过去了，没有任何人经过。我过去看他在做什么。

"生意如何，尼克？"我问。

"不错。"他回答。

"这篮子是做什么的？"我问。

"放钱用的。"他有模有样地说。

"你的石头要卖多少钱？"

"每个一块钱。"尼克说。

"尼克,没有人会花一块钱买你的石头。"

"他们会的!"尼克坚定地说。

"尼克,我们这条街没什么人,他们看不到你的石头。你把石头收起来,去玩如何?"

"这里有人,"他回答,"人们在我们这条街上散步或骑自行车做运动,也有人开车来看房子。人够多了。"

我说服尼克不成,就返回后院工作。他很有耐心地守在他的"岗位"上。又过了一会儿,有辆小货车驶进这条街。我看见尼克站起来对小货车高举他的告示。小货车在尼克身边停了下来,一位女士摇下了窗子。我没法听到他们之间的交谈,但在她转身面向驾驶的男士后,我可以看见他在掏皮夹!他给她一块钱,她则走出小货车,走向尼克。检查那些石头以后,她挑了一个,把一块钱交给尼克,开车离去了。

当尼克跑向我时,我目瞪口呆地站在后院。他晃着那一块钱,叫道:"我跟你说过一个石头可以卖一块钱。"——如果你相信自己,你可以做任何事!我取了我的照相机,为尼克和他的告示拍照。这小家伙信心坚定,也乐于炫耀他能做的事。这是伟大的一课,我们从中学到了很多,到今天也一直谈论它。

又过几天,我太太汤尼、尼克和我出外吃晚餐。路上,尼克问我们,他是否可以有零用钱,他母亲解释,想要零用钱得尽些家庭义务才行。

"好吧!"尼克说,"那我会有多少钱?"

"你5岁,一个礼拜一块钱就可以了。"汤尼说。

后座传来一个声音:"一个礼拜一块钱——我卖一块石头就赚到了!"

自信小语

　　不管有些爱好在别人看来是多么不可思议，不管有些努力被别人认为是多么白费力气，也不管那梦想距离现实是多么遥不可及，只要相信自己，坚持去做，肯定每一步脚印留下的汗滴，我们就能赢得真正的胜利。相信自己，放飞梦想，其实世界已在我们的心里。

　　　　　　　　　　　　　　　　　　　　　　（王 倩）

学 会 自 信

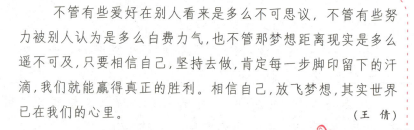

其实你的解法比老师的更好！可是你既然认为自己是对的，为什么不坚持下去呢？你应该对自己充满自信！

　　小时候，我是个腼腆的孩子，遇到生人就脸红，也没有伙伴和我一起玩。家里来了客人，祖母常常指着我们堂姐弟几个这样介绍："这是冬梅，懂事，像个小大人；这是阿辉，脑子聪明……"最后才指着我说："这是小健，最乖！"其实我心里清楚，我没有其他的优点，祖母只好用"最乖"来安慰我，免得我太伤心。

　　这种孤僻的心态一直到我上了中学仍没有丝毫的改变。那年中考，我侥幸考上了县中。在这个人人都是佼佼者，个个都自命不凡的群体里，我愈发感到自卑。

　　我的班主任姓龚,教我们数学。他四十多岁,长得相当敦实,平时总是一脸严肃,我总是对他避而远之。但龚老师的课上得很好,据说是全县数学教得最好的。

　　有一次数学考试,我的最后一题被龚老师打了一个大大的红叉。随后,龚老师对试卷进行了讲评。我捧着试卷,琢磨了半天,觉得自己的解法虽然和龚老师的不一样,但完全有道理,而且比龚老师的方法更简便。

　　下课的时候,我拿着试卷去办公室找龚老师。龚老师正埋着头批作业。"龚老师,我觉得这道题我这样做也是对的。"我怯怯地说,声音小得自己几乎也听不见,"你说什么?"龚老师抬起头,两眼透过厚厚的镜片盯着我。我把刚才的话重复了一遍,声音还是细若蚊蝇。"是吗?"龚老师疑惑地接过试卷。片刻,他把试卷扔到办公桌上,板着脸问我:"你能确信你的做法是对的吗?"我犹豫了半天,终于点点头。龚老师的脸上掠过一丝冷笑,语气变得更严厉了,说:"如果你确信你的做法是对的,我愿意听你讲一讲理由,如果你没有把握,请你不要浪费我的时间。"听了龚老师的话,我心里也没有底了,万一是我错了,肯定会惹龚老师生气的,算了算了,反正龚老师的这种方法我也掌握了,何必要另辟蹊径呢。我悻悻地拿回我的试卷走出办公室,心里挺不是滋味。

　　"回来!"走出不远,身后就传来龚老师的声音。我疑惑地回到办公室,龚老师正用少有的温和的目光看着我,他说:"其实你的解法比老师的更好!可是你既然认为自己是对的,为什么不坚持下去呢?你应该对自己充满信心!"

　　龚老师的话在我的心里激起了阵阵涟漪。也就是从那天起,我开始抬起头直面所有的人。上课时,我认真记笔记,成绩一次比一次好,还经常参加学校组织的各种活动,再后来,诗歌比赛得了奖,办了个人橱窗展,成了校文学社编辑,进了学生会……班上老师和同学都用吃惊和欣喜的目光看着我走向自信,走向开朗!

❋ 黄 健

🌹自信小语🌹

生活有时候会派来强大的权威来压制我们的信心,可千万要记住,这是生活给予我们最好的机遇——树立自信。权威纵然威力无边,但只要我们坚持自己的信念,相信自己的能力,保持那份永不妥协的勇敢,我们就能从自卑的泥潭中解救自己——不向权威屈服,这本身就是一份奇迹。

(王 倩)

驯 鹿 和 狼

真正打败驯鹿的是它自己,它的敌人不是凶残的狼,而是自己脆弱的心灵。

驯鹿和狼之间存在着一种非常独特的关系,它们在同一个地方出生,又一同奔跑在自然环境极为恶劣的旷野上。在大多数时候,它们相安无事地在同一个地方活动,狼不骚扰鹿群,驯鹿也不害怕狼。

在这看似和平安闲的时候，狼会突然向鹿群发动袭击。驯鹿惊愕而迅速地逃窜，同时又会聚成一群，以确保安全。

狼群早已盯准了目标，在这追和逃的游戏里，会有一只狼冷不防地从斜刺里窜出，以迅雷不及掩耳之势抓破一只驯鹿的腿。

游戏结束了，没有一只驯鹿牺牲，狼也没有得到一点食物。

第二天，同样的一幕再次上演，依然从斜刺里冲出一只狼，依然抓伤那只已经受过伤的驯鹿。

每次都是不同的狼从不同的地方窜出来做猎手，攻击的却只是同一只鹿。可怜的驯鹿旧伤未愈又添新伤，逐渐丧失大量的血和力气，更为严重的是它逐渐丧失了反抗的意志。当它越来越虚弱，已不会对狼构成威胁时，狼便群起而攻之，美美地饱餐一顿。

其实，狼是无法对驯鹿构成威胁的，因为身材高大的驯鹿可以一蹄就把身材矮小的狼踢死或踢伤，可为什么到最后驯鹿却成了狼的腹中之食呢？

狼是绝顶聪明的动物，它一次次抓伤同一只驯鹿，让那只驯鹿一次次被失败击得信心全无，到最后它的意志完全崩溃了，已忘了自己其实是个强者，忘了自己还有反抗的能力。当狼群攻击它时，它也就没有勇气奋力一搏了。

真正打败驯鹿的是它自己，它的敌人不是凶残的狼，而是自己脆弱的心灵。

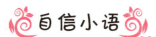
心 形 苹 果

从此，好像变魔术一样，学生脸上有了开朗的笑容，显露出了天真欢乐的本色。

　　一个班的学生在低年级时遇到一个非常严格的老师，老师给学生布置的作业很多，而给学生的评价却都很低。在这位老师笔下，很少有学生可以得到甲，能得到乙就很不错了。有许多拿到丙、丁的学生对学习便渐渐失去了信心，家长对自己

的孩子也不再抱有希望。

当这班学生升到另一位老师的班级时，老师发现学生们的情绪很低沉，每天的功课也只是勉强交卷，更糟糕的是，学生们都畏畏缩缩、小里小气，一点也没有小学生那种天真烂漫的气息。

于是，这位老师有意降低标准，她开始把作业的最低分定为甲下，当然好一点就是甲了，再好点就是甲上，写得很不错的，她给甲上再加上一个心形"苹果"，真的很用心的，则给甲上再加两个心形"苹果"。

这位老师所谓的"苹果"，只是一个刻成心形的"苹果"印章，盖在甲上的旁边。

除此之外，每隔一段时间，就发奖品，只要原来是甲下的学生得过三个甲就给发奖，依此类推。由于评分标准很宽，在每次发奖品时，几乎每位学生都有奖品，最小的奖品是一张贴纸，最大的是一只铅笔盒。

这样甲上的可加两个"苹果"，使原本拿丙、丁的学生带回去的作业簿也有甲上的佳绩。学生们都笑了，家长更开心得不得了，非常善待那些原来"顽劣"的孩子。

从此，好像变魔术一样，学生脸上有了开朗的笑容，显露出了天真欢乐的本色。特别是每次颁奖时，教室像节日的盛会，所有的学生全部改换服装，面目一新，个个充满自信、容光焕发。渐渐地全班的成绩都有了很大的提高。

这位老师说："不管是什么样的孩子，爱是最好的教育，而表现爱的最好方法是欢喜、奖励与赞赏。"是的，关键要有一颗爱心，从孩子的身上发现生命的至真至美，给他们以鼓励和信心，让他们轻松快乐地健康成长。

 崔鹤同

那颗小小的心形苹果印,是来自心灵深处的爱,是源自真爱的鼓励、欣赏、包容,就像一颗颗甜蜜的巧克力糖,让顽劣的我们也能展现生命的纯真美好,找到自信和快乐,进一步勇往直前。成长的路因为鼓励带来的自信变得更加美好、顺畅。　　　　（王　倩）

盯住你面前的那个人

学习也一样,好高骛远地盯着第一名除了让你沮丧外,还有可能因为盲目而失足跑得更慢。

　　收到了女儿的期末成绩单,全班78个人,女儿排在46名,比入学时的58名算是有些进步,却比期中考试时的40名又落后了。一连几天女儿沮丧得寝食难安,口口声声地说这样的成绩什么时候才能赶上去呢。

　　说实话,女儿初中三年一直是被老师宠爱的好学生,总是前几名。中考时本来可以上一所市里二类学校的重点班,依然做好学生,但基于各种各样的原因和女儿的意愿,我们选择了市一中,不当"鸡头",宁做"凤尾"。开学前,我一次次地帮女儿分析可能会遇到的各种困难、压力甚至屈辱,希望增强她的承受力,毕竟她以前走得太顺了。女儿也把自己假想成当初班里的差学生,向我保证她有足够的心理准备去面对困境而不会丢掉自信心,并且不会让自卑压垮。

即便这样,女儿还是承受了比她所能想象到的更多的压力,有时老师轻轻的责备、同学的一两句话都强烈地刺激着她敏感的神经。本来无畏的勇气和一天天置身其中的压力根本就是两码事。她很努力,每门功课厚厚的笔记就是明证,仔细地听,飞快地记,生怕漏掉什么关键的地方。她甚至放弃了午休和打球,以便学习时间能更长一点。可事实上,她连作业都写不完,有时候一节自习课一道题都做不完,她想请教老师和同学,可不会的问题一大堆,又不知道从哪开始问。她前后左右都是好学生,她前面是班里的第一名,她的同桌也是前几名。

女儿灰心地对我说:"妈妈,我完了。你看单数学一门我同桌在班里第一,考了 145 分,我只有 97 分,我怎么可能追得上人家呢。可能我真的太笨了。"

相比女儿的成绩,她的心态更让我难过。平心而论,她是个聪明的孩子,但她的自卑和盲目成了她学习的阻力。我也睡不好,不知道怎样帮她找回自信。

第二天,我问女儿:"你参加过赛跑吗?"

"参加过,还不止一次呢。"女儿不明所以地看着我。

"那么,告诉我,你往前跑的时候,是盯着你面前的人呢,还是追随远远在前的第一名呢?"

"当然是面前的人了,看远处根本没用。"女儿回答。

我说:"是的。学习也一样,好高骛远地盯着第一名除了让你沮丧外,还有可能因为盲目而失足跑得更慢。而你前面一个人和你的距离并没有多大,那才是你切实可行的目标,盯紧他，跟住他，一步一个脚印，踏踏实实地稳步前进，一个个赶上，一个个超越，才是你要做的。"

女儿似懂非懂地点点头，但愿她真的明白了。

❀ 赵凤云

自信小语

自信，不是狂妄自大，不是盲目乐观。自信建立的基石是对自己正确、深刻的认识和了解。如果我们能够坚持自己，像执著的登山者一样，不去妄想一步登天，不去狂想峰顶的惊喜，而是走好脚下的每一步，我们会发现，原来就在这一步步的丈量间，我们距离目标已经不再遥远。

（王 倩）

他们的牛气是熏陶出来的

王楠是中国最优秀的乒乓球选手之一。

有一次,一个记者采访她:

"现在比你更年轻的运动员逐渐地涌现出来,

你感觉到害怕了吗?""没有。"

"在正式的国际比赛中,把原来的小球改为大球,

你有没有感到过担心?""没有。"

"那么,在乒乓球比赛中,你最害怕的是什么?"

王楠想了想,回答道:"那大概就是取消乒乓球比赛了。"

自信是建立在自己实力的基础上的,

如果我们有足够的实力,

面对怎样的变化我们都不会感到害怕。

肯定自己

我会把这一票投给自己，投给亚伯拉罕·林肯，因为没有人能比我做得更好！

1861 年，亚伯拉罕·林肯 52 岁，经过到各地演说、竞选，他终于艰难地脱颖而出，成为美国共和党第 16 届总统候选人。

但对当时的许多美国选民来说，大家对来自斯普林菲尔德森林深处小木屋的这位总统候选人并不太了解，在选民们的强烈要求下，国会议员们决定让两位总统候选人亚伯拉罕·林肯和史蒂芬·道格拉斯举行一场面对面的激烈的政治辩论会。辩论会在曼哈顿的库珀协会举行，在讲台上就座的有：东部文化巨子、《纽约晚邮报》编辑威廉·卡伦·布赖恩特；纽约著名律师大卫·达德利·菲尔德；《纽约论坛报》的贺拉斯·格里利等社会知名人士，以及一些德高望重的国会议员。

辩论会开始后，亚伯拉罕·林肯和史蒂芬·道格拉斯你来我往唇枪舌剑地进行了辩论。他们的精彩辩论不时赢得台上台下选民的一阵阵喝彩声。辩论会展开了三个多小时，沉着冷静的林肯和巧舌如簧的道格拉斯难分伯仲。这时，《纽约晚邮报》的一位记者向林肯和道格拉斯提出了一个大胆的问题："如果让你自己投票，你会把你的选票投给谁？"

听到这个提问，台上和台下的人顿时全沉寂了下来，人们都焦急地盯着林肯和道格拉斯这两个几乎是势均力敌的总统候选人，等待着他们各自精彩绝伦的回答。

静默了两分钟后，史蒂芬·道格拉斯首先含混其词地回答说："对于这个问题，我无法站在这里回答，也拒绝回答。"

听罢史蒂芬·道格拉斯的回答后，林肯跨前一步，微笑着并充满自信地说："我会把这一票投给自己，投给亚伯拉罕·林肯，因为没有人能比我做得更好！"

林肯的回答余音未落，会场内便响起了排山倒海的掌声和喝彩声。几天之后开始进行选举，众多的选民们纷纷把选票投给了亚伯拉罕·林肯，对于一个充满自信并且敢于肯定自己的人，有谁还会不去相信他呢？

要别人信任自己，就必须敢于自己肯定自己，一个连自己都不能相信自己的人，谁还会去信任他呢？要别人信任自己，就要首先自己信任自己。

❀ 李雪峰

🌹自信小语🌹

相信自己是最棒的，这是一种建立在自我肯定基础上的高度自信。要取得别人的信任，要赢得众人的喝彩，要让大家对我们刮目相看，唯有先肯定自我，相信自己。要记住：有勇气的人不怕风险，自信自强的人往往有机会得到更好的回报。（王 倩）

每个人都会犯错误

老师犯了错误以后，会用橡皮头擦去错误，重新开始。多尼，你也应该这样对待错误。

我们每个人都会有犯错误的时候，如果我们能及时吸取教训，错误就成了我们学习过程中的一个不可或缺的部分。然而，并非每一位老师和家长都能够真正明白这个道理。他们要么用言语，要么用行为，表达这样一个信息：犯错是可耻的，唯有十全十美才能获得赞扬。

每当想到孩子们承受的这种压力，我就会想起我小学三年级的同学多尼。多尼是一个内向、害羞的人，说话、做事都很胆怯、紧张，放不开。但他是一个完美主义者，总是恐惧自己会犯错误。由于害怕犯错，他就不愿意参加班级的任何活动，不愿主动与人沟通，不愿回答老师的提问。他总是不能按时完成作业，因为他每做一道题都要反复与别人核对，只有当别人和他的答案相同时他才放心。我想帮他树立自信，但是我根本无法改变他。后来，我们班来了一位实习老师，她却做到了。

实习老师名叫玛丽，十分喜欢我们这些孩子，我们也喜欢她。但是，尽管她平易近人，待人热情，说话柔声细语，却不能让害怕犯错的多尼克服胆怯的毛病。

有一次，玛丽老师让几个同学到黑板前做数学题目。当多尼最后一个做完回到座位上时，忽然哭了起来，因为他意识到自己把题目做错了。

玛丽老师见状从讲台上拿起一个笔筒，走到多尼的桌前蹲下身子。"你看，多尼，"她说，然后将笔筒里的带橡皮头的铅笔一支接一支地拿出来放在多尼的桌子上。"这些铅笔都是老师用过的。你注意到它们的橡皮头了吗？是的，这些橡皮头都已经磨损了许多。这是因为老师也犯错误，并且是犯许多错误。可是，老师犯了错误以后，会用橡皮头擦去错误，重新开始。多尼，你也应该这样对待错误。"

玛丽老师站直身子。"多尼，"她说，"我送一支铅笔给你，希望你记住，每一个人都会犯错误的，即使是老师也是一样的。"多尼抬起头，眼睛里有了神采，这是我第一次看到他如此开心。

多年以后，多尼还给我看了玛丽老师送给他的那支铅笔。当然，这时的多尼已经战胜了过去的那个自己，变得有勇气、有自信了。

❀ 邓　笛/译

❀自信小语❀

多尼的故事告诉我们，不要因为惧怕犯错，而丧失奋斗的勇气。在我们的学习和生活中，很多成功都有运气的成分在内，但是如果我们根本没有信心去尝试，那么再好的运气也会白白浪费。鼓起勇气，不怕犯错，抓住机遇，才会赢得胜利的机会。

（王　倩）

信 心 是 路

信心是希望的种子,只要有适宜的土壤,它就会生根发芽,开花结果。

　　我第一次离开校园时,只有 14 岁。父亲对我说:"娃,你已经读完 7 年书了,你读书,只能保你自己,弟妹都大了,让他们也读几年吧!"就这样,为了下面 4 个弟妹能上几年小学,我这个当哥的只好放弃了学业。

　　然而,我并不死心,我坚持要读书,我相信自己能考上大学,能和其他的山里娃一样走出那"兔子不拉粪"的穷山沟。于是上山挖土带着书,砍柴带着书,下田干活书也不离左右。父亲无奈,辍学两年之后,给了我一个特别优惠的政策:"想读书,自己想办法弄学费。"

　　从此,我开始了艰难的赚钱路。这年年底,我跑到在几百里之外找给别人做砖瓦的外公,请他借钱给我读书。外公年已70 岁,家里不好待,万不得已才离家混日子的,一年忙到头,手里也见不到几个钱,面对 30 多元钱的学费,他也无可奈何地摇了摇头。但是外公给我出了个主意,当地毛竹多,要我和当地的小伙子去砍毛竹卖。

　　12 月底的冬天,已到处是白雪茫茫。我和当地的农家小伙子和姑娘们脚穿草鞋,爬十几座山去砍毛竹。其实,那地方砍毛竹卖钱很不容易。清早出门，到下午 4 点左右才能往回赶。在回家途中，有一个特别高的山口是必经之路。山口是当地的最高处，海拔 2000 多米，别的地方的雪，踩上去会有一个深深的脚印，而山口的路面则是坚冰一块，草鞋踩在冰上，毛竹压在肩头，十几人的长队在宽不盈尺的山路上一步一步地爬行。爬过山口是陡峭的下坡，弯弯曲曲的山路下面是一片秋天收割的包谷地，一望无边，深不见底，稍不小心滚下去一定会粉身碎骨的。我拖着 3~4 米长的毛竹，脱掉草鞋，用袜子和膝盖在同伴的前后夹持下一寸一寸地移行，好不容易才爬过那近百米长的险路，袜子破了，膝盖骨上磨出了血。时过 18 年，想起那时光景，心里还在打战。

大年三十的前一天，室外下着大雨，同伴们走了十几里路后不想走了。这时有人提议：何不就近取材，去偷附近农民种的毛竹。他说：要过年了，看山的人一定回家了。一会儿，十几个小伙子和姑娘们一下子溜进了路边的毛竹地。谁知，进去不到半小时，一声接一声的哨子声从四面八方蜂拥而来，几十杆鸟枪包围了这片竹林，我们被"俘"了。放人的条件是每人罚款 5 元。轮到我时，仅从我身上搜出了一本英语单词手册和一支才值几角钱的钢笔。问我话时，我如实交代了我来偷毛竹的目的，也许是我的故事太悲怆了，那些农民不仅破例没有追要我的罚款，还把单词手册和钢笔还给了我。

近十天的劳累使我如愿以偿，我用我的汗水换来了 38 元钱，过完春节，父亲兑现了诺言，让我重新回到了学校。此后，我考上了大学，离开了山沟，到城里找到了工作，实现了一个山里孩子梦寐以求的愿望。

在人的生命之旅中，信心是路，有信心才有希望。有这样一个故事：在纽约街头，一位商人看到一个衣衫褴褛的铅笔推销员,顿生一股怜悯之情。他把 1 元钱丢进铅笔人的怀中,就走开了。但他又忽然觉得这样做很不妥,就连忙返回,从卖铅笔的人那里取出几支铅笔,并抱歉地解释说自己忘记取笔了,希望不要介意。最后他说:"你跟我都是商人。你有东西要卖,而且上面有标价。"几个月过后,在一个社交场合上,一位穿着整齐的推销商迎上这位纽约商人,并自我介绍:"你可能已忘记了我,我也不知道你的名字,但我永远忘不了你。你就是那个重新给了我自尊的人,是你给了我一颗信心的种子。我一直觉得自己是个推销铅笔的乞丐,直到你告诉我,我也是一个商人为止。"没想到纽约商人简简单单的一句话,竟使得一个处境窘迫的人重新树立了自信心,并且通过自己的努力终于取得了可喜的成就。纽约商人给他的那颗信心的种子成了他能站起来的希望。

信心是希望的种子,只要有适宜的土壤,它就会生根发芽,开花结果。事有成败,其关键就在于能否呵护好信心这颗希望的种子,成功的人往往勤勉、自律,从培育这颗种子开始迈出人生关键的第一步;相反,失败的人,常常一开始就让信心这颗种子枯了、死了、烂了,一生都生活在苦苦的失望和挣扎中。有了希望才有动力和方向,呵护希望,你一定能走向成功。

❋ 陈光岳

🌸自信小语🌸

信心是一条充满了惊喜与憧憬的路,它会带我们走向远方,走向心中梦寐以求的渴望;信心是一颗等待发芽、期待长叶开花的种子,种在心灵的土壤中,它会让我们像向日葵一样永远向着太阳,向着梦想与希望。信心永远不可丢失,应永远珍藏心间。(王倩)

自信的萨达特

人的精神追求是高尚的,是生活的支柱,不应该去羡慕那些同学的富有,自信始终是人际交往中最重要的砝码。

萨达特是 1952 年埃及"七·二三"革命的组织者和发起者之一。他在任期间,大刀阔斧地进行了一系列政治、经济改革。政治上实行民主,经济上实行改革开放,外交上采取了一系列的惊人之举,使他成为 20 世纪 70 年代世界政治舞台上的风云人物。

萨达特出生在埃及的一个小村庄里,后来随他的爸爸来到了首都开罗。他的家庭不是很富裕,但他的爸爸是个很有远见的家长。为了孩子的前途,他把小萨达特送进了一所高级学校去读书。

在这所高级学校里,小萨达特的同学们大多数都是名门望族家的孩子。小萨达特看看自己的处境:爸爸一个月的工资刚刚够把他这个学期的学费交了;自己穿的是破旧的粗布长袍,而自己的同学们穿的都是丝织的长袍,进出学校都有豪华的小轿车接送。小萨达特不禁为自己家境的不富裕而深感自卑。

小萨达特的爸爸看出了他的自卑,有一次,他跟小萨达特说:"孩子,你能跟我谈一谈你在新学校里的情况吗? 你的同学们都有轿车接送,穿的又那么好。你会不会羡慕你的同学们呀？"

"有点，爸爸。"小萨达特老实地回答。

"孩子，你到这所学校去就要好好学习，不要去跟你的同学们比条件。等你学到知识后就什么都会有的。你一定能成功的！你的同学们很富有，但你拥有聪明才智和对知识的渴望，这就是你的财富。你要自信，不要被一时的困难吓倒。要尝试着去和你的同学们公平竞争。积极参与一些活动，为同学们多做一些事情，这样你就能得到同学们的尊重。"

经过这一次和爸爸的谈话，小萨达特自信起来了。他在他的那些有钱的同学们面前不再自卑，不再感到难为情了。他开始不卑不亢地同那些有钱的同学们交往，继续好好学习，并且积极地参加学校组织的一些活动。

就这样，小萨达特在学校里结识了很多好朋友。他深深懂得，人的精神追求是高尚的，是生活的支柱，不应该去羡慕那些同学的富有，自信始终是人际交往中最重要的砝码。自己首先要看得起自己，只有这样别人才能看得起你。

小萨达特就是这样，在自信中交往，在自信中不断展现自己，一步步走向成功。

自信小语

　　小萨达特在爸爸的引导下，学会了自尊自重，知道了自信的重要性。我们不应该在乎出身的卑贱，而应把更多的目光投入到真正的精神追求当中，用我们的自信和谦逊赢得他人的信任和爱戴，这才是我们走向成功的基本原则。

（王　倩）

孔雀与麻雀

人生在世，各有所长，不必看轻自己身上的短处，说不定它会在别处闪闪发光。

大森林里，一只孔雀和一只小麻雀成为朋友。

在一块空旷的草地上，每天上午，孔雀总喜欢身着华丽的外衣，神气十足地在众多的动物面前翩翩起舞，小麻雀常常看得目瞪口呆。

小麻雀回到家里问母亲："为什么孔雀能够开屏，为什么我不能？"母亲告诉它说："孔雀能够开屏，是因为它有丰盈美丽、五颜六色的羽毛。我们的祖先都是咱们现在这般模样，开不了屏。"

从此，小麻雀陷入了一种自暴自弃的境地，总认为自己其貌不扬，长得丑陋，不配和孔雀交朋友，于是，它终日坐在家里，心烦意乱。

半个月后，小麻雀来到了好久没来的大森林里。在诸多动物中，唯独不见孔雀那美丽的身影，它只好问身边的猴子，猴子说："别提了，那一天，我们正在兴致勃勃地观赏孔雀开屏，突然来了一位猎人，将孔雀带到动物园里去了。"小麻雀不由得怀念起和孔雀的这一段友情来，它决意要去看看孔雀，到底生活得怎么样。

在动物园里，孔雀被关在一个大大的铁栅栏里。小麻雀身子小，只身飞了进去，问好友孔雀："你在这儿还好吗？"孔雀一见是好友小麻雀，便伤心地落下眼泪说："我已经失去了自由，每天要跳几十次舞给游人们看，好惨呀……"

小麻雀这才明白，孔雀令人羡慕的长处反而限制了它的自由。

孔雀与麻雀，仅是一个字的差别。但前者因为有一身迷人的外表而成为笼中供人欣赏之物，后者因为相貌平平却可以自由地飞翔在蓝天。其实，人生在世，各有所长，不必看轻自己身上的短处，说不定它会在别处闪闪发光。

❋ 娅 娅

🌸自信小语🌸

尺有所短，寸有所长。每个人都有专属于自己的优势，也存在不足的地方。正视自己的每一处优缺点，自信地面对现实，我们就会在不断地学习中提升自己，让梦想成真。　　（王 倩）

上帝的孩子

你是上帝的孩子，每一个人都是上帝的孩子，只要你有一颗自信自强的心。

一天，一个名叫珊娜的女孩偷偷溜进教堂，听到牧师正在给人们传道。

珊娜是一个私生女，生下来就没有爸爸。周围的人都用鄙夷的眼光看她，认为她是一个没有父亲、没有教养的孩子，并且说她是一个不好家庭的孽种。在别人的冷眼和嘲讽中，她变得越来越孤独，越来越自卑。

然而，牧师的话在她幼小的心灵里点亮了一盏心灯。从此，她经常溜进教堂，听牧师讲道。牧师在一次讲完道后，见坐在后排羞怯怯的她，问她是谁家的孩子。这句问话触到了她的痛处，她抿着嘴不知怎么回答。

"哦，我知道了，我已经知道你是谁家的孩子了，你是上帝的孩子。"

"上帝的孩子？我也是上帝的孩子！"珊娜抑制不住内心的激动，眼泪夺眶而出。

"孩子，过去不等于未来，不论你过去多么不幸，这都不重要。人生最重要的不是你从哪里来，而是你要到哪里去。不论你过去怎样，那都已经过去。只要你调整心态，明确目标，积极地去行动,那么成功就是你的。"

牧师的一次次教诲,一次次鼓励,使珊娜看到了生活的阳光,嗅到了生活的芳香,感受到了生活的温暖,她的心态从此发生了巨大的变化,开始变得乐观开朗、积极向上起来。40岁那年,她当选为美国田纳西州州长,届满卸任后,她弃政从商,成为世界500家最大企业之一的公司总裁。

你是上帝的孩子,每一个人都是上帝的孩子,只要你有一颗自信自强的心。

❋ 黄 文

🌸自信小语🌸

在上帝面前,我们都是公平的,我们都是上帝的孩子。正因为如此,我们不需要妄自菲薄,不需要为自己的出身而自卑、惭愧。我们将走向各自的梦想天堂,只要我们时时刻刻把上帝给予我们的那份自信铭刻心间。

(王 倩)

恢复自信的武士

即使是真正的勇士,在失去自我时也无法应付来自外界的干扰。可见,保持内心的平静和自信,是多么重要。

身披盔甲的武士途经乡间,突然听到女人的哭喊声,他马

146

上抖擞精神策马飞奔,奔向前面的城堡。原来是一位公主被一只野兽围困住了。勇敢的武士拔剑刺杀了野兽,公主爱上了他。

公主的家人和城堡的人民都欢迎他,为他庆功。武士受邀住在城中,人民视他为英雄。他和公主十分相爱。

一个月后,武士又去旅行。回来时,听到他的爱人哭泣求救。另一只野兽正袭击城堡。武士抵达时,又要拔剑刺杀野兽。但当他冲上前时,公主从城堡里哭喊:"别用剑,用绳子比较好。"

公主丢给他绳子,好像又在示范给他该如何使用。武士犹豫不决地跟从她的指示,将绳子套上了野兽的脖子,然后用力一拉,野兽死了,每个人都很高兴。

庆祝晚会上,武士觉得自己并没有立下功劳,因为他用的是她的绳子,而不是自己的剑,他觉得承受不起城堡人民的信任和赞美。他因沮丧而忘了擦亮自己的盔甲。

一个月后,武士又去旅行,随身带着剑。公主叮咛他多保重,并把绳子交给他。武士回来时,又遇到一只野兽在攻击城堡,他马上拔剑往前冲,心里却想,也许可以用绳子。正在犹豫不决时,野兽向他吐火,烧伤了他的右臂。武士犹豫不决地望着窗口,公主正向他挥手:

"绳子没用了,用这包毒药!"

公主把毒药丢给他。武士把毒药倒入野兽的嘴里,野兽立刻死掉。人人欣喜庆祝,但武士却以此为耻。

一个月后,武士又去旅行,随身带着他的剑。公主叮咛他凡事小心,并要他带上绳子和毒药。她的建议使他困扰,但还是将它们放入行李中。

在旅途之中,武士听到另一个女人的哭泣,他冲上去解救她时,心中的沮丧已完全消除。但在拔剑时又犹豫起来,他不知道该用剑,用绳子,还是用毒药? 公主会建议他用什么?

武士困惑了好一会儿,随即他回忆起尚未遇见公主前只带剑的情形。他重新建立起自信,丢掉绳子和毒药,以他的自信之剑来对付野兽。最后,他杀了野兽,所有人都欢欣鼓舞。

身披闪亮盔甲的武士再也没有回到公主身边,他留在这里过着快乐的日子。

※ [美]约翰·格雷

自信小语

即使是真正的勇士,在失去自我时也无法应付来自外界的干扰。可见,保持内心的平静和自信,是多么重要。有时候,我们听取别人的意见,却忘记了自己的观点;我们望着窗外的世界,却忽略了内心的声音。坚守自我,找回自信,我们才会快乐。　　(王 倩)